セイレムの若き文人

「陰鬱な部屋」のホーソーン

井坂義雄

南雲堂

セイレムの若き文人　目次

セイレムの若き文人

「陰鬱な部屋」のホーソーン

第1章　語り手　『ファンショー』

一八五〇年に『緋文字』を発表して読者層に広く知られるようになったナサニエル・ホーソーンは、翌年に再版した短編集の「まえがき」の冒頭に、自分は「かなり長いあいだアメリカでいちばん名の知られていない文士だった」と書いた。恨み言のように聞こえるこの文章のあとには、長く短編を書きつづけてきた過去をいつくしみながら自己を回顧しているホーソーンの姿があるように思われる。

芸術家としてのホーソーンの生涯を短編を手がけた前半の時代と長編ロマンスを書いた後半の時代に分けるとすれば、短編時代はまさにあまり名の知られていない長い時代だった。やがて著名な文人たちとも付き合うようになり、まったく知られていないというわけではなかったものの、当時の一般読者にはホーソーンの短編の特異な魅力が理解できなかったのかもしれない。なぜなら彼の書きつづった多くのノートと手紙を当時の人びとは知らなかったために、作品の制作工程そのものが作品に結実していることを理解するのはむずかしかったかもしれないからである。

現在のわれわれには当時の読者に示されることのなかったノートと手紙、それに多くの研究者の評伝と作品分析がある。これらを合体することによって短編時代、とくに独身時代から婚約時代にいたる前半期の工房をのぞいてみたいというのが、この期に書かれた短編の魅力に取りつかれた者の告白である。

じっさいに目をやると、短編の制作にいそしむホーソーンの姿は、大学を卒業して生地セイレムにもどり、出版はしたものの回収して焼却し、その存在にすら触れたがらなかった小説『ファンショー』に始まっているのである。

> そして彼は『ファンショー』を書きあげました。それから百ドル払って自分でそれを出版したのです。数部が売れ、わたしも一部もらいました。ところがあとになって彼はこれを回収し、焼いてしまったらしいのです。わたしたちはその後、『ファンショー』の著者がだれであるかを絶対の秘密にしたのです。[1]

たしかに秘密は守られたのである。

『ファンショー』の出版と焼却のいきさつについては多くの研究者が取りあげている。その解釈は定まっていないが、[2] けっきょく、つぎの二つに要約されるようである。ひとつは、ホーソーンがこの作品を未熟であると判断したこと。出版当時に作品の欠点を指摘した批評が残っている。[3] 習作にすぎないとする伝記作者もいる。[4] もうひとつは、作品の背景があきらかにホーソーンの卒業したボードン大学であり、[5] 描かれている人物もまた在学当時の学友たちをモデルにしたことから、なにかの理由でホーソーンがこの作品の流布をためらったのではないかという推測である。これについては新しい資料が発見されないかぎり推測の域を出ないので、確証できるものとして取り上げるのはあきらめなければならない。

未熟と判断したことについては、すでに『緋文字』で名を成したホーソーンが一八五一年一月十二日付でJ・T・フィールズに送った手紙から考えて、[6] 現在までの拠り所となる唯一の解釈となっている。この小説があることをホーソーン存命中は妻のソファイアでさえ知らなかったし、手紙にある表現からして、そのような作品があることをあまり人には知られたくないという気持があることだけははっきりしているが、未熟と判断したかどうか、あるいは未熟と判断した内容まではわからない。伝記作者であれば「このかなり未完成な作品を出版したのはまだ二十四歳のときであって、もっと先まで延ばしたほうがよかったのかもしれない」と言って、成功しなかった理由を「社会的経験の不足」[7]に帰することもできるのである。オベロン像を引き合いに出して、「作品では偽名で現われ、無名の陰に身をかくし、ひっそりと行動して暮らし、仲間たちには誰が書いたのか知られないでいることがホーソーンの願望だった」[8]と言って『ファンショー』の失敗と焼却をその後のホーソーンが名前を明かさないことに結びつける研究者もいる。失敗作と見なしたならば、その判断はその後の作品の創造に生かされたはずである。[9]筋の組み立てと登場人物の性格づけといった技巧上のことであったかもしれない。作品に盛られる主題と内容であるならば、『緋文字』に始まる長編と晩年の一連の未完のロマンスと関係するにちがいない。とりわけ後年のホーソーンは、のちに見るように、ロマンスを小説と区別することにこだわった。[10]ホーソーンはこの作品を小説、すなわち「ノヴェル」my novel[11]と呼んでいた。

出版したものを回収して焼却するということは、若き日の文人の逸話になるかもしれないが、ただならぬ行為であることはたしかである。一八五一年の『トワイス・トールド・テールズ』の「まえがき」にホーソーン自身が示唆しているように、その行為があきらかになっているかぎり、これはたんなる逸話ではなくて、その後の作者ホーソーンの作品創出に深くかかわる問題であるように思われる。のちにホーソーンが『七破風の家』の「まえがき」の中で表現しているように、「作者自身の大いなる選択または創造」に関係するように思われる。[12]『ファンショー』の出版はそれなりに読者にむけて知らされたし、作者ホーソーンから見放されたとはいうものの、おおかた好意的に受け取られたのである。[13]
『ファンショー』の最後のくだりは、つぎのようになっている。

ファンショーが死んでから四年たって、エドワードとエレンは結婚した。ふたりのその後の生活はきわめて幸福であった。優しくて、それとわからないが、しかも力強いエレンの影響によって、夫のエドワードは、あるいは家庭の幸福を妨げることになったかもしれない熱情と探求する心を失ってしまったのである。彼はエレンが彼から奪い取ってしまった世間の名声を惜しんだりはしなかった。ふたりは静穏のうちに、いつまでも幸福な生活を送ったのであった。したがって、ふたりがこの本の中にしか名前を残さないとしても、いったいなんの問題があるだろうか。[14]

語り手はこのような修辞的疑問文で締めくくっている。主人公のファンショーについては、生きるにふさわしくない世界が早く死んだ理由となっている。ここには鋭い対照がある。エドワード・ウォルコットとエレン・ラングトンの結婚で約束された幸福な生活は、熱情と探求する心と世間の名声を犠牲にして勝ち取られたものである。このふたりの幸福な生活は誇り高いファンショーの死と対比され、これを読者に示す語り手のうらに作者が隠れるという構造になっている。

主人公の死と修辞的疑問文のあいだには、野心的で誇り高い芸術家の影が見える。ここには作者の野心と皮肉と冷笑がある。ここには作者の気負った姿勢が見える。たとえ末尾であるとはいえ、いや末尾であるからこそ、作品そのものの中に作者の姿勢をさらけだしてしまったと反省することがあったかもしれないのである。[15]

この対比は、引用した締めくくりの文章のまえの主人公ファンショーとエレンの会話のなかで準備されている。悪者バトラーから自分を救ってくれたファンショーに、愛と生活の幸福を求めて迫るエレンの姿は力強いが平凡で、いわば一般市民的であるのにたいして、気高い心の持ち主で、孤独に生きるファンショーの姿は凡俗とは反対の幽鬼をさえ漂わせるものとなっている。

エレンが去ったあと、ファンショーは前の彼の特徴であった物事に没頭する熱意をもって勉学にもどった。彼の顔が元気な若者たちのあいだに現われることはほとんどなかった。清らかな微風と恵みぶかい日の光でさえも彼の青白くて疲れきった表情を活気づけることはほとんどなかったし。彼のランプは日暮れのはじまる薄闇から薄明かるい朝が火の光をぼやけさせ始めるまで、たえず燃えていた。また彼は、弱い人間のするようには、彼の愛を胸の奥に秘めておかなかった。じっさい彼は、見たとおりの思慮ぶかくて熱心な学生だった。彼は全精神力をもって自分に打ち勝ち、ついに征服者となったのである。[16]

これが死ぬまえのファンショーの姿である。彼は世俗的な愛を乗り越えただけではなくて、克己している。すなわち自己の征服者となっている。たしかにファンショーは死に、作品の中に墓碑を残しているが、この本の中にしか名前を残さないことでは、結婚したエドワードとエレンと同じである。そして『ファンショー』は回収され、焼却された。ファンショーは二重に死んだことになる。たとえ死んだとはいえ、なにかを征服し、なにかを際立たせたこと、いや際立たせる目的が世俗の世界を征服することにあったと考えられるのである。主人公ファンショーの性格描写には、孤独な研究、死者との対話、世間との絶縁、普通の人間の感情と恐れは通用しない孤独な存在などといった「孤立時代」のホーソーンの悩みの種が萌芽の形で与えられている。[17] この『ファンショー』という作品の処遇はしたがって、語り手、いやむしろ作者ホーソーンが経験したと思われる「陰鬱な部屋」の体験に大きく影を落とし、その影響は彼の生活と創作活動に色濃い色彩をあたえたのではなかったかと推測されるのである。[18]

作品の中の登場人物の性格と行動と、筋の進行をになう語りの品格を作者と同一視することは戒めなければならないが、原稿を焼くという行為が現実にあったとするならば、主人公としての登場人物の性格づけと、これを読者に伝える人格に、作者の影を見ようとすることは、けっして無理ではないような気がするのである。[19]

第2章　変形への躊躇

「メリー・マウントの五月柱」「ロジャー・マルヴィンの埋葬」「ぼくの親戚、モリヌー少佐」「ヤング・グッドマン・ブラウン」

『トワイス・トールド・テールズ』に収録されなかった三つの作品があった。[1]「ぼくの親戚、モリヌー少佐」「ロジャー・マルヴィンの埋葬」「ヤング・グッドマン・ブラウン」がそれである。いずれの作品も歴史的事件を背景にしていることでは共通している。虚構性が高く、現代の読者に受け入れられやすい芸術性に優れていることも同じである。歴史に素材を取っているにもかかわらず、作者は歴史からなにかを引き出そうとするのではなくて、登場人物たちを冷たく引きはなし、すなおに過去を見るという視点からすれば作品はデフォルメされているという点でも共通している。「彼［ホーソーン］の想像は、人間存在の入り組んだ事実の上を自由自在に動きまわるのではなく――〈物事をあるがままのものとして見るのではなくて〉――特別で異常な経験の茨の茂みに絡みついていた。世界［世間］を歪んだ角度（a distorted angle）から色つきレンズで見ていた」[2]とアーヴィンは分析する。あるがままに物事を見るというのは創作の世界では作者の世界観なり芸術観と関係するので、研究家によって、逸脱、歪曲、変形といった用語が使われているが、[3]ここでの問題は、ホーソーンが自己の作品を読んで、自己の想像力の背後にある異常性を感知して、嫌悪感をいだいたのではないかと考えられることである。この問題はホーソーンの「陰鬱な部屋」の経験に直結する。したがって、ホーソーンが変形をためらったと想定することは、孤立の経験と人間的共感の欠如と、同胞にたいする悪事行為にホーソーンが感応した想像機能をある形で構造化する出発点をなすことになる。

三つの作品が初めての短編集に収録されなかった理由を作者ホーソーンの感応の結果だとすれば、『トワイス・トールド・テールズ』に収録された作品「メリー・マウントの五月柱」をこれに加えるべきだと思う。これはほかの三つの作品にくらべて一八三五年と発表されたのがおそく、一八二八年のセイレムはエンディコットのセイレム到着の二百年祭を祝っていたという事実にくわえ、はじめに書いたものを修正したかもしれないと推定されていて、その根拠は前の三つの作品と同じように一八二九年までには書かれたと考えられているからである。そしてほかの三つの作品といっしょに、まだ「陰鬱な部屋」の経験が浅かったころに構想された『植民地の物語』*Provincial Tales* にまとめられる予定だったと考えられているのである。[4] 読者に「徹底した紛らわしさ」を感じさせ、「すべてが二重の遠近法で描かれている」[5]という特徴から考えても、研究家に高く評価される「アリス・ドーンの訴え」と同じように、もっとも早いころに書かれた作品と共通する。

「メリー・マウントの五月柱」

この作品の冒頭に、作者は注として、作品の構成と内容に関する説明文をおいている。これと似たような注は「牧師の黒いヴェイル」と「予言の肖像画」にもあるし、「ロジャー・マルヴィンの埋葬」「優しい少年」「白髪の戦士」「エンディコットと赤い十字の国旗」などのように、作品が歴史上の事件なり逸話なりを背景とするときに、筋の一部として語り手が作品の冒頭で説明をするのは、ホーソーンの作品ではめずらしいことではない。

「メリー・マウントの五月柱」にはもう一つの注が筋の進行の途中に挿入されている。この二つの注は、作品の虚構にふかく関係していると考えられている。問題となるのは、この作品が歴史的事実に立脚しているかどうかということである。いや問題は歴史的事実とは異なるという点なのである。しかも、これは作者自身が冒頭の前置きで「ニューイングランドの年代記作者の厳粛なページに書き記された事実をほとんど自動的に一種の寓話に変えてみた」[6]と明言していることである。これだけで一般読者は、ホーソーンが歴史から材料をとって作り話をつくったと理解できるのだが、歴史的事実をくわしく知る読者はこれだけでは満足しない。そこで歴史的事実とは異なることを作者自身が示唆する筋のなかの注が問題になる。

「離れろ、この邪心の使いめ」と彼［エンディコット］は顔をくもらせ、うやうやしさもなにもなく僧服をつかんで言った。「おれはおまえを知っているぞ、ブラックストーン（エンディコット総督が、これほどはっきり言わないならば、ぼくたちは、ここのところは間違っていると考えるべきだ。たしかにブラックストーン牧師は奇人ではあったけれども、不品行な人間であったとは知られていない。メリー・マウントの牧師がこの人と同一人物であったかどうかは疑わしい）。おまえは自分の堕落した教会の規律さえも守ることができないで、悪いことを教え、それを身をもって示そうと、ここに渡ってきたような男だ。しかしいいか、神はこの荒野を選ばれた人間に与えたのだということを思い知らしてやる。この地をけがす者に災いあれだ。まず第一に、おまえの崇拝する祭壇であるその花で飾った忌まわしいものからだ」[7]

植民地として開かれるまえのボストンの地にはじめて住みついたウィリアム・ブラックストーンは、引用文の注にあるように、歴史のうえで不品行な人間として知られていたわけではない。[8]にもかかわらず、ホーソーンはあえて注までつけてブラックストーンを登場させている。テイラーはこれを「虚構におけるもっとも奇妙な注としてもいい」とさえ言っている。[9] さらに問題になるのは、ピューリタンのなかのピューリタンとしてのエンディコットの登場である。ここには歴史的事実とはちがった創作上のひねりがあると考えられるのである。

作品の舞台の背景には「王党派」と自称するトーマス・モートンという実在の人物がいて、マウント・ウォラストンを楽しいメリー・マウントにしようとしてメーデーの日に八十フィートの長さの松の木を立てたという逸話が残っている。

狡猾なモートンは、この地に見切りをつけてヴァージニアに去ったキャプテン・ウォラストンのあとを受けて仲間をうまく言いくるめ、インディアンの女たちを招いて、この木のまわりで飲んだり歌ったりと、仲間たちとドンチャン騒ぎをつづけて冒瀆的な快楽にふけった。なんらかの処罰があったのだろう。モートンがイングランドに送還されたあと、セイレムにおけるマサチューセッツ湾植民地総督代行としてジョン・エンディコットがセイレムに到着した。エンディコットはメリー・マウントを訪れてこの木を倒し、まじめにやるように説いたという。しかし事実はこれだけではなかった。モートンは多くの銃と弾薬をインディアンに売りつけ、その使用法も教えたので、植民たちは自分たちよりも多くの武器弾薬をもつインディアンの危険にさらされることになった。そこであたり一帯の植民はプリマスの総督ウィリアム・ブラッドフォードになんとかしてくれるように訴えた。そこで手紙を書いて使者を送ったが、モートンはまったく言うことを聞こうとしない。力ずくで捕まえるしかないということになり、キャプテン・マイルズ・スタンディッシが派遣されてモートンを逮捕する。

これを記しているのはウィリアム・ブラッドフォードの『プリマス植民地の歴史』であるが、[10]このいきさつについてはモートン自身も自分の書いた『ニュー・イングリッシ・ケイナン、またはニュー・ケイナン』という本の中で詳しく書いている。モートンの本は一六三七年にロンドンで出版され、これにモートン評伝と詳細な注釈をつけてチャールズ・フランシス・アダムズが一八八三年に出版した。[11] モートンの『ニュー・イングリッシ・ケイナン、またはニュー・ケイナン』がアメリカで読まれるようになるのは一八三八年で、『プリマス植民地の歴史』がアメリカで出版されたのは一八六五年なので、ホーソーンはこれらの一次資料を読んでいないことになるのだが、モートンとその逸話についてはかなりよく知られていたと考えられている。[12] ホーソーンがその典拠を作品の冒頭に記しているし、ブラッドフォードの記述にあるように、エンディコットがメリー・マウントに姿を現わしたときはモートンはいなかったのだから、作品の中にトーマス・モートンが出てこないのはふしぎではないが、その描かれている光景のグロテスクなことと、モートンを逮捕したのがマイルズ・スタンディッシではなくて、五月柱を切り倒したエンディコットであったことは、ホーソーンの虚構上の選択であったように思われるのである。[13]

ほかの三つの作品と同じように、この作品が書かれたころを仮に一八二九年とすると、ホーソーンは史実を忠実に扱うというよりは、かなり大胆に虚構を作りあげることに情熱をそそいだのではないかと推測される。[14]「メリー・マウントの五月柱」にどのような修正があったかはわからないが、孤独な自己の精神を掘りさげたり、作品をたとえ話や教訓に仕立てるのとはちがって、より大胆な創造の技法を考えたのではなかっただろうか。それが理由で、いわばその大胆な創造になんらかの歯止めがかかったために、『トワイス・トールド・テールズ』に三つの作品を収録するのをさけ、「メリー・マウントの五月柱」に修正をくわえたのではないだろうか。たしかにこの作品で扱われている事件は、ブラッドフォードの記述では一六二八年の項に記されているし、モートンたちが踊って歌ったところはボストンの南のクインズィーであるし、エンディコットは実在の人物であるのだが、作者は冒頭の注で「ニューイングランドの年代記作者の厳粛なページに書き記された事実をほとんど自動的に一種の寓話に変えてみた」とことわっている。[15]五月祭はもともと異教の祭りだったものをキリスト教会が取り入れて民衆の習俗となって伝わったものなので、[16]ただ祭りの様子がグロテスクに描かれているというだけでは十分な説明にはならないかもしれないが、明るいはずの五月祭に官憲が入りこんでくる暗さを強調するために意図されたとしか思われない。

世の中の道徳的な暗さがあらゆる社会機構の笑いを圧倒してしまうと、荒々しい陽気さに満ちた彼らの家庭までが、悲しい森の中で、すっかりわびしいものになった。[17]

ここでは一般的にいう笑いが偏狭なモラルで押さえこまれることが印象づけられるといってもいいかもしれないが、作者が虚構として思いめぐらした空間は、もっとどろどろとした、しかし芸術作品としては洗練されたものだったのではないだろうか。そしてこれもまた伝記的にいえば「陰鬱な部屋」で起こったことなのである。

「ロジャー・マルヴィンの埋葬」

インディアンとの戦闘で傷をおった二人の男、一人はロジャー・マルヴィンという老人、もう一人はルービン・ボーンという若者、この二人が植民している定住地に帰ろうとしている。傷のために老人は先に進むことができない。死を覚悟した老人は、このままでは二人とも死んでしまうから自分をおいて帰るように、帰って婚約している自分の娘ドーカスに事実を話し、傷が治って元気になったら、ここにもどってきて自分を埋葬し、祈りの言葉をあげてほしいと若者に訴える。若者はためらい苦しんだが、老人の願いを聞き入れて老人を置きざりにする。やがて若者は救援隊に助けられて辺境の定住地に帰ってくる。父のことを心配する老人の娘には、なんとかして老人を埋葬し墓標を立てたと告げる。二人は結婚し、息子サイラスが生まれる。息子がりっぱに成長すると一家は奥地に新しい定住地をもとめて出発する。老人を置きざりにしてから十八年が過ぎていた。出発してから五日目の夕方のこと、家族は野営の準備をし、ドーカスが食事を作るあいだに、父と子は反対の方向にむかって周辺に獲物をとりに出かける。茂みの中を歩きながら、埋葬しないまま置きざりにした老人の死骸が見つからないものかと願ったルービンは、なにか茂みの向こうに動くものを見て銃を撃った。撃たれて横になっていたのは息子のサイラスだった。

これが作品のあらすじである。この作品の論考の主題として取りあげられているものは、きわめて多岐に及んでいる。それはホーソーンの読書暦にはじまって歴史、聖書、神話、心理、文体等々、およそ思いつくあらゆる分野にわたっている。それがどのようなものであるかをニューマンの研究案内書から抜き出してみよう。[18]

植民地の歴史、インディアンとの戦闘、英雄譚、命名と旧約聖書、コトン・マザーの説教、古代ローマとギリシャの祭式と埋葬、インディアンの迷信と民間伝承、罪滅ぼし、息子の父親への不服従、古代インドの「ラーマーヤナ」、子供から大人への移行、ピューリタン精神、主観的世界の創造、家（home）の探求、親の探求、罪［正邪］の意識、旅、森、隠匿の罪、良心、告白、さらし台、五月柱、カルヴィン神学、両面価値、愛国神話の作られる過程、息子を撃った理由、死者への祈り、意図的か偶然か、狩りをする人の本能、創作上の失敗、作者の意図、自家撞着の説明、ルービンの狂気、破壊的な妄想、父親殺し願望の転嫁、最愛のものの犠牲、幼児性の除去、復讐行為、悪魔のたくらみ、復讐の神、感情移入、死と生の交換、原罪、エディプスコンプレックス、自己犠牲、信仰の欠如、無意識、神意の働き、あがない、病理的、異端的、想像上の犯罪、心理学的解釈、非キリスト教的、アメリカ史の風刺的意味合い、神話化、アメリカの辺境、西部開拓のロマン化、西部神話を粉砕する風刺と嘲笑、隠喩としてのフロンティア、自己欺瞞によって隠されていた獲物、象徴としての樫の木と岩、上部と下方、呪い、墓石と祭壇、血の奉納、ルービンの受動性、外的事情、モダニズム、懐疑、強迫観念的、洞察力、説話の一貫性、深層心理、独創性、ルービンの苦境

選び出した語句は前後につながりがないし、文章に提示されている文字を問題の差異として整理しないまま、ただ字面を追って書き出しただけである。書き出した語句そのものも、主題となりそうだと考えたものを文章の流れを切断して訳出しただけである。このような条件を受け入れるとして、並んでいる文字を一覧すると、いかに研究者が多様な視点をもって作品に接近しているかが、おおまかにではあっても理解できると思う。概念は重なっていることが多く、概念はたがいに侵食し合っているといってもいい。ここにある小主題はそのどれもが、ほかのすべての小

主題の総体、および一つ一つの小主題と隣り合い、重なり合い、侵食し合っているとともに、そのどの一つもが作品全体をおおう大主題になる可能性を秘めている。

概念が豊富な作品は公的なもの、すなわち公式記録ではなくて私的な想像の世界、あえていえば幻想の世界である。公的なものから解放されるということは歴史からも解放され、時間という「線形秩序」に左右されることもなくなり、「『時間の流れ』という暗黒の思い」に縛られることもなくなるだろう。[19] 幻想が力をもちうるのは、まさにそのようなときである。作者は自由に概念のあいだを往来することができるし、概念を考量し、打ち破り、越境することができる。政治的な束縛を受けることがないので国籍もないし、地理的な条件にさえ縛られることはないかもしれない。なにか伝達の必要性がないかぎり、概念は解き放されて作者の私的営為の場で自由に活動する。「書かれない法はすべて自然の法である」[20] という法則性の世界観からすれば、いわば自然法に守られているといっていいだろう。

このように概念を解き放されたものとして考えれば、作品が創造されていく過程には必ず選択があったはずである。創作過程を想像することはあくまでも仮説にすぎないが、そのなかで作者ホーソーンが選択したものをふたたび読者が選び出すことは、すなわちどのような創作上のデフォルメが行なわれたかを想定することになる。ここではそのいくつかを取りあげて、基底をなしているとと見なしてよいものを論じてみたい。

作品の主題の一部になっている埋葬はロジャー・マルヴィンの死を前提としている。しかし死はまだ実現していない。事件の経過には十八年という時間の流れがあるはずであるが、語り手はロジャー・マルヴィンの死については死の実現を当然のこととして触れていない。ロジャー・マルヴィンの死を確実だと思わせるものはインディアンとの戦闘で負った深い傷と横たわる荒野である。これをいちばんよく知っているのがルービン・ボーンで、ロジャー・マルヴィンの死はただルービン・ボーンの胸のうちでのみ確実に実現している。しかも埋葬はまだ行なわれていない。埋葬となれば父のルービン・ボーンに撃たれた息子のサイラス・ボーンの埋葬は作品の中では実現しないまま終わっている。語り手はこれを当然のこととして触れていない。しかし、撃たれたサイラスが横たわったところは巨大な墓石であることが示唆されている。こうして実現されないままでいたロジャー・マルヴィンの埋葬はルービン・ボーンの息子、すなわちロジャー・マルヴィンの孫のサイラス・ボーンの埋葬という代理行為で実現することになる。しかし、代理行為で実現するロジャー・マルヴィンの埋葬そのものがデフォルメされたものとして作者に認識されるかもしれない。アーリッヒが父親代わりとしてのロバート・マニングに対するホーソーンの愛憎という伝記的要素から作品を分析するのはその一例である。[21]

良心にさいなまれながら傷ついたロジャー・マルヴィンをあとにするルービン・ボーンは、もどってくることを約束し、誓いをたてる。[22] 荒野をさまよい自分もまた死を迎えなければならない状況で救援隊に助けられ、何日ものあいだ眠ったような状態だったルービン・ボーンは、はっきりと意識がもどったとき、ドーカスにロジャー・マルヴィンのことをたずねられて、約束と誓いを守ることができなくなる発言をしてしまうのである。

「手には力がなかったが、できるだけのことはした……お父さんの頭の上には立派な墓石がある。そして、わたしもお父さんと同じように眠ってしまったらどんなによかっただろう」[23]

これはあやまってサイラスを撃ってしまったルービン・ボーンが、妻のドーカスに説明する言葉と正確に対応する。

「この大きな岩はおまえの親しい者の墓石なんだ、ドーカス……おまえの涙はおまえの父とおまえの息子の上に注がれるだろう」[24]

これは言葉のあやなのだろうか。墓石という言葉が魔術的にはたらいてルービン・ボーンが約束と誓いを守ることを妨げたのだろうか。ロジャー・マルヴィンを置きざりにしてきたところの岩が幻想として墓石に見えたとしても、ルービン・ボーンは正しく状況をドーカスに話してロジャー・マルヴィンを埋葬しに出かけることもできたはずなのに、そうはならなかった。ここには作品の行方を左右する隠匿がある。[25] 隠匿は二重になされている。ひとつはルービン・ボーンの事実の隠蔽に作者が読者ドーカスに事実を隠したことであり、もうひとつはルービン・ボーンが読者の納得のいくような十分な理由をあたえていないことである。インディアンとの戦闘が予想される荒野がある。ルービン・ボーンにはロジャー・マルヴィンを死ぬにまかせて自分だけが逃れてきた負い目がある。約束したドーカスとの結婚と家庭をつくるという義務がある。読者はこのような事情を受け入れたとしても、なお、なぜルービン・ボーンが出かけていってロジャー・マルヴィンを埋葬し、祈りをささげなかったのだろうと疑うこともできるのである。そこに作者の選択がある。[26]

墓石へのこだわりは作品の制作過程で埋葬、家、死者、戦闘、約束、荒野、越境といった概念をまきこんで、作品に大きな広がりと深さをあたえたことになったにちがいないが、こうした選択のうちに、作者はルービン・ボーンの罪の意識とその悲劇的結末を取り扱いながら、確固たる自己の心の拠り所を失ったと感じたかもしれないのである。

「ぼくの親戚、モリヌー少佐」

ロビンという若者が地方から出てきて、月の明るい夏の晩に船便でボストンとおぼしき都会に着いた。目的は親戚のモリヌー氏をたずねることだった。若者はモリヌー氏の住所を知らない。そこで若者は町を歩きながら、機会を見つけてはモリヌー氏の居所を聞き出そうとする。高名なはずのモリヌー氏のことだから、だれもがすぐに教えてくれるはずだと思うのに、どうも答えがはっきりしない。いや、はっきりしないだけではなくて、どうも人びとの様子が変なのである。ぶしつけな哄笑をあびせられ、奇妙な敵意を感じ取り、ののしりを聞き、若者は自信を失いかけていく。魔法にかけられているのではないかと思ったり、当のモリヌー氏が死んで朽ち果てつつあるのではないかと疑ったりする。あとにした故郷に心をよせて、あれやこれやと思い描いていると、自分がどこにいるのか、夢かうつつかわからなくなり、空想と現実に揺れ動きながら、若者は、モリヌー氏の邸宅ではないかと想像した大きな建物の窓に、自分のほうを見つめているモリヌー氏の顔を見たように思う。やがて若者は目のまえに暴徒が行進していくのを見る。そこに見るのは、暴徒に捕らえられ、はずかしめられ、ぶざまな姿をさらしているモリヌー氏の姿である。血のつながっている二人はたがいに見つめ合う。若者は酩酊状態になり、いくつかの笑い声を聞く。暴徒の列はモリヌー氏をつれて、なおも進んでいき、やがて視界から消えていく。都会に疲れた若者は、ふたたび船便で地方に帰ろうとする。

この作品のあらすじはこのようになっている。作者は作品の冒頭で、「百年から遠くない昔の夏の夜に起こった冒険話」[27]として、作品の舞台を具体的な過去の時間においている。チャンドラーによれば、この作品が書かれたのは大学卒業後の一八二五年から一八二九年と推定されているので、[28] この具体的数字から百年ほど昔にさかのぼって史実を探りたいという誘惑にかられるのは理にかなっている。[29] しかしこれは、あからさまに特定の事件に言及することをさけようとする創作する者の修辞であって、より自由に話を展開するための言葉の言い回しにすぎないと考えるべきではないだろうか。作者は同じく作品の冒頭で、この冒険話の序文として、マサチューセッツ湾植民地の政情を簡潔な歴史とともに描いているので、暴徒による騒乱場面が、一七六五年のトーマス・ハッチンソン邸の襲撃をふくむ一連の暴動を背景としたボストンを舞台にしていることはあきらかである。[30] さらに作者は「百年から遠くない」と述べたすぐあとで、「植民地問題の長くて退屈な詳細をさけるために、一時的に人びとを激昂させていた一連の事情の説明についてははぶかせてほしい」[31] と読者に伝えているのである。

若者は洞察力があって抜け目ない青年 (a shrewd youth) であることが、くりかえし述べられている。地方で育ち、これから十八歳になろうとしている若者は、いま訪れたばかりのボストンで何が起こっているかを知らないらしい。ニューイングランドの牧師の家の子に生まれて、善良である若者は、娼婦であるらしい女に魅惑されるものの、誘惑に乗らないだけの分別はわきまえている。モリヌー氏を高く評価している若者は、ちょっとした宿屋の主人の挨拶言葉にも、誇り高くモリヌー氏の影を見る。

あらすじで見たように、若者は一連の探索をつづけたあとで、旅の目的であったモリヌー氏をたまたま見ることになる。目的はなかば達成された。しかし、それまでに見てきた明るいはずの世界は一気に失われ、目のまえで閉じられる。それに代わる世界は約束されていない。暴徒の光景をいっしょに見た紳士の励ましの言葉も、若者に未来への保証をあたえるものではない。作品の構図はこのようになっている。

作者が「百年から遠くない」と述べているにもかかわらず、作品の舞台が一七六五年であると想定できるのは、作品に内在する細かな論点を設けることによって、ある一つの固定した想定の流れを作り出すことができるからである。それは作品がおかれている文化と文化の広がりと言ってもいいし、作品全体が包みこまれている文化圏の歴史と言ってもいいような一つの状況を浮かび上がらせることになる。なぜなら、歴史そのものが状況であるという理由によって、作品の読者が作品とともに一つの状況に包みこまれてしまうからである。読者は知らず知らずのうちに、ある特定の歴史状況に包みこまれてしまう。ひとたび包みこまれてしまうと、包みこまれているということに気づくことさえ困難になる。この作品にまつわる歴史状況とはどんなものであるかを、ニューマンの解説を手がかりにして探ってみよう。[32]

この作品に関連する文学世界の広がりは、きわめて大きい。作者の頭脳を通過したものと、結果、あるいは効果として読者や研究者の頭脳のなかで連想されたものも含めて、作者と作品名を連ねて見ると、あたかも西欧文学史を逍遥するかのようである。

Jonathan Swift（*The Drapier's Letters*）
William Shakespeare（*A Midsummer Night's Dream*）
Homer（*Odyssey*）
Virgil（*Aeneid*）
Edmund Spenser（*Faerie Queene*）
John Bunyan（*Pilgrim's Progress*）
Dante（*Divine Comedy*）
Benjamin Franklin（*Autobiography*）
Charles Brockden Brown（*Arthur Meryyn*）
Sir Walter Scott
Aristotle
Samuel Taylor Coleridge
John Milton（*Paradise Lost, Comus*）

このほかにも、つぎの二つが挙げられている。

Hezekiah Niles (*Principles and Acts of the Revolution*)

Joseph Strutt (*The Sports and Pastimes of the People of England*)

さらに想像は、民衆に伝えられているアメリカの一連の伝説的な名前とロビン・フッドにおよんでいる。連想はフリーメーソンの合言葉におよび、考証はフレイザーの『金枝篇』やフロイトのエディプスコンプレックス理論にまで広がっていく。作者の逍遥したであろう世界を押しひろげ、既存の形象を用いて普遍化しようとすれば、このようになる。問題は、このようにしたからといって、はたして作品に組み込まれていると予想される繊細で優美で微妙な文学的感性を理解したことになるかどうかである。作品の統一性は失われないだろうか。作品特有の価値は感得されるのだろうか。たとえば、フロイトやフレイザーを引き合いに出すことによって、作品の求心点は移動してしまうのではないだろうか。作品を分解することによって、別の幻想世界が成立してしまうのではないだろうか。つまり、作者による「ぼくの親戚、モリヌー少佐」の幻想世界は独自の世界であるはずなのに、そのような独自の世界が歴史の世界に置き換えられてしまうのではないだろうかという疑問が生じてくる。

歴史には意味があると信じられている。歴史は流れとして理解され、だれもが、その流れを疑わない。さまざまな別の世界があっても、みな同質であると感じられる。なぜなら、語りつがれ、記録され、教えられてきたものは伝統につちかわれた一つの普遍的な歴史の中におかれるからである。一般に伝統と呼ばれるものを理解しようとして言葉と概念を共有すれば、伝統は普遍化され、価値は共有されることを、われわれ読者は経験的に知っている。

この普遍化を逆の方向からたどれば、どういうことになるだろうか。フロイトとフレイザーがわれわれになにを与えてくれたかを念頭に入れて、普遍化を逆方向から進んでいけば、どうなるだろうか。作者も通過したであろう先に列挙した作者と作品群を「ぼくの親戚、モリヌー少佐」の背後から取り去ったらどうなるだろうか。

まずニューイングランドの地方史が残るだろう。地方史を彩るものとして、独立革命に先立つ一連の騒乱が前面に出てくるだろうし、固有名詞をともなった個々の人間と人物像が浮かび上がってくるだろう。これらは、ばらばらな小事件の集まりとなり、作品の地方性を構成する。そこにはもはや伝統すらなくて、習慣と習俗があるだけである。『緋文字』で同じことが起こった。作者は百五十年以上の昔に作品の舞台を選んだ。この百五十年という時間差はなにを意味するのだろうか。同じように、「ぼくの親戚、モリヌー少佐」における六十年なにがしかの時間差はなにを意味するのだろうか。確実なことは、騒乱で活動したであろう実人物はすでにいないことでである。実在した人物には、風聞と記録が蓄積され、過ぎ去ったものとして明確な評価が与えられていると考えられる。合衆国の独立は栄光に満ちている。独立革命はアメリカにとってだけではなくて、世界全体にとっても栄光である。世界全体は人間全体を、すなわち人類を意味する。これが歴史に意味があると信ずる理由であり根拠である。作品を作者の選び取った芸術的虚構として理解することと歴史理解とはおのずからちがう。

若者ロビンのまえに立ち現われる夜の町の騒乱は、一連の課税義務を負わされた植民地に、やがてボストン虐殺事件、ティーパーティー事件が起こり、バンカーヒル、レキシントン、コンコードの戦い、独立宣言へとつづいていく名高い事件の連鎖のはじまりとして読者に印象づけられる。読者はこの一連の事件の連鎖に逆らうことはできない。なぜなら、逆らうことは歴史を壊すことであり、居心地のいいはずの現在を否定しなければならないかもしれないからである。歴史はつづられるかもしれないが、代替物によって代えられるほど軟弱ではありえない。ひとたびつづられた歴史は王道をあるき、勝ち誇った力を見せつける。冷静な読者にとって、すでに事件は片付いており、時間の彼方に消え去っている。

抜け目のない若者ロビンが歩いていくところに読者はボストンの町を歩くようにノース・エンドを思い、旧議事堂を思いうかべ、ファヌル・ホール、キング通りを想像していったことだろう。若者の歩く街路は読者も歩くことができ、若者の見る町並みは読者も見て触れることのできる地域の現実だからである。[33]

作品が虚構であるかぎり、歴史の叙述と地域の現実からは区別されるものである。歴史の叙述と地域の現実は作者が虚構として扱うときは変形される。すなわち虚構の素材は偶然から選び取られたものかもしれないのである。読者は素材を選び出した偶然性そのものに異議をとなえることはできないし、偶然性そのものをとやかく言うことはできない。それはすでに虚構として幻想のなかで選び取られ決定されてしまっている。それはすでに作者の芸術の一部になっているのである。

まわりくどい説明になったかもしれないが、読者には偶然と映り、同時に作者が選び取ったにちがいない芸術の一部であるものを、作品に沿って見てみよう。

フェリーマンに金をはらった若者ロビンが、町に出てはじめて会うのは陰気な老人である。この老人が死の世界から出てきたことは、いくつかの明瞭な表現によって読者に暗示されている。

老人は規則的に間をおいて、ごほん、ごほんと二回つづけて咳ばらいをしたが、なにか変に厳粛で、低くこもった抑揚 (of a peculiarly solemn and sepulchral intonation) だった。[34]

死は過ぎ去ったものを生き返らせることを拒む力をもっている。老人の怒りは冷たい死の怒りである。老人は「変に厳粛で、低くこもった抑揚」をもって、すでに葬られたものを掘り起こそうとする若者をおどかしているのである。老人が発している規則的な咳ばらいと大きな笑いがこれを増幅している。

老人の二回つづく低くこもった「ごほん、ごほん」という咳ばらいは、しかし、冷たい墓が怒り狂う激情のなかに入りこんだと思えるように、まことに奇妙な効果をもって老人の叱責のまっただなかに入りこんだ。

「着物を放せ、おい。いいか、おまえの言うような人を、おれは知らない。それでなんだ。おれにはできるんだぞ、おれには――ごほん、ごほん――できるんだ。だから、これがおれに向かって示す敬意だというなら、あすの朝、夜の明けないうちに、おまえの足をさらし台にはめてしまうぞ」[35]

このような情景のなかでの頂点はモリヌー氏の姿が現われて、若者ロビンの目と合ったときである。まずモリヌー氏の立場がある。語り手はいう。

おそらく、もっとも激しい痛みはモリヌー氏の目がロビンの目と合ったときだった。というのは、モリヌー氏はあきらかに、名誉のうちに白髪となった頭が不潔な不名誉にさらされているのを目撃している若者を瞬時に認めたからである。[36]

若者ロビンは困惑し、あざけりの世界が展開し、日常の理性は失われる。

どうしたらいいかわからないような興奮が彼の心を捕らえはじめた。今夜の数々の冒険、思いがけなく立ち現われた群衆、たいまつの明かり、混乱した騒ぎ、そのあとの静けさ、かくも大きな人の群れに罵倒される親戚の亡霊、これらすべて、いや、それではおさまらなくて、これら全光景のなかに途方もないあざけりを見た彼は、いわば酩酊状態に陥ってしまった。[37]

あとには笑いがつづき、その笑いが切れたところに、死の使いの咳ばらいと笑いが聞こえてくる。

群衆の頭上に、ごほん、ごほんという二回つづく低くこもった咳ばらいのために途中で切れて、一つの大きな、あふれるような笑いが響きわたった。

「うわっ、はっ、はっ——ごほん、ごほん——うわっ、はっ、はっ、はっ！」[38]

笑いは若者に感染し、いちばん大きな声で若者は笑う。ここには世に出ようとして大望をいだく抜け目ないロビン青年が文化的権威を詳細に見つめ、自己の権威をうちたてようとしている姿がある。[39] ここにきて時と場所は自由に解き放たれ、読者はなぜ情景がかくもグロテスクであったのか、なぜ若者が洞察力があって抜け目ないのかを理解する。通常では見えない世界が、洞察力のある抜け目なさによって出現したのだと理解できるのである。

「ヤング・グッドマン・ブラウン」

作品の舞台がセイレム村であること、セイレム村というのは植民地時代に魔女事件が起こった地であること、ホーソーンがセイレム村に近い港町セイレム出身であること、ホーソーンの祖先の一人に事件を裁く判事がいたことなど、作者ホーソーンと、セイレム村を中心にして起こった一連の魔女裁判事件について知れば、作品が暗示する世界はおのずから限定される。グッドマン・ブラウンはセイレム村、あるいはその近郊の住民であり、森の中で見る会衆の集まりはあきらかに魔女の集会である。歴史的に見ればコトン・マザーが魔女に関して多くを書き残している。[40] アーサー・ミラーが『るつぼ』という作品で現代の出来事をセイレムの魔女裁判事件に照射し、人を裁く事件の背景を現代に生き返らせているので、この作品に流れている懐疑的な雰囲気は、個としての自分を疎外する現代社会を見る現代人と共通するところがあるという理由によって、ホーソーンが虚構として作り出した世界は、いっそうその濃さを増しているように思われる。
このような現代人に受け入れやすい要素があるとすれば、なおのこと作品の舞台が時間と場所と現実に起こった事件とに縛られることなく、作者が芸術的に意図したであろうことを分析する価値があるように思われる。[41]
冒頭の場面に主人公ブラウンの妻、フェイスの懇願がある。

「ねえ、お願いだわ」と彼女は、彼の耳元に口を近づけて、そっと、すこし悲しそうにつぶやいた。「日の出まで出かけるのはよして、今夜は家で休んでくれないかしら。女が独りになると夢や物思いに悩まされるので、よく自分が怖くなるんです。今夜だけはお願いだから、わたしといっしょに家にいてくださいな」[42]

これにグッドマン・ブラウンは答える。

「愛している信仰ぶかいフェイスよ……とくに今夜だけは、いっしょにいられないんだよ。きみの言うぼくの旅というのは行って帰るだけのことで、これから夜明けの間にどうしてもしなければならないんだ。ねえ、なにをそんなに疑っているんだね。まだ結婚して三カ月じゃないか」[43]

しかし妻の懇願をふりきって出かけるブラウンは悪い心をいだいていることを独白する。

「かわいそうなフェイス」と彼は思った。心が痛んだからである。「なんて、おれは馬鹿なんだろう。こんな用事で彼女を置きざりにしていくなんて。彼女も夢がどうのとか言っているなあ……」[44]

ただ一夜の夢かもしれない道を歩いてグッドマン・ブラウンは森に入る。そこに荒野を見るのである。つまり作者は荒野を感じるように配慮して描いているのである。その荒野にグッドマン・ブラウンは昼の明るさのなかでは見えないし、また信じられない光景を見る。

ブラウンには、セイレム村の特に高潔なことで有名な二十人ほどの教会員がいるのがわかった。執事のグッキンさんも到着していて、例の尊い聖者であり彼が尊敬してやまない牧師のそばに控えていた。しかし不敬にも、これらまじめで評判のいい信仰ぶかい人びと、教会の長老たち、貞節なご婦人がた、みずみずしい娘たちといっしょになって、身を持ち崩した男たちや、評判の悪い女たち、すなわち、あらゆる卑しくて、きたない悪徳に染まり、恐ろしい犯罪をおかしたとさえ疑われているような卑劣漢たち、そんな連中がいたのである。善良な人びとが悪い連中を恐れることもなく、罪人たちも聖者たちの姿に恥ずかしいと思わない光景は奇妙だった。それからまた、白人の敵に交じって、インディアンの聖職者たち、すなわち、まじない師たちがいた。これまでしばしば、イギリスの魔術よりも恐ろしい呪文で彼らが生まれた森をおびえさせてきた例の連中である。45

この光景に動揺したグッドマン・ブラウンは、信仰ぶかい妻のフェイスの姿を探そうとする。そして魔王が司会する魔女の集会に自分とフェイスの姿を見るのである。しかもグッドマン・ブラウンとフェイスは見つめ合う。グッドマン・ブラウンは自己の分身を見ることになる。ここにきて懐疑は頂点に達し、暗い生活をおくったあとに陰鬱な臨終と希望の言葉も刻まれていない墓石があるだけである。

筋の進行のなかに作者が選択した奇怪な風景は日常性から大きくはずれているが、作品の構成のうえで初めからあきらかなことは、作品の出発点が妻のフェイス（Faith）も、グッドマン・ブラウンも善良な市民だということである。これは引用したブラウンの独白がよく示している。

善良な市民であるブラウンを基準にしなければ、なにも始まらないのである。フェイスもブラウン（Goodman Brown）も、「典型的で代表的な人間」typical and representative human beings であって、「良識をこえた人」overreachers ではなくて、「どこにでもいるような人」within-reachers である。[46] ここには、善良な人間、善悪を判断する普通の人間、善悪を判断して人を導くべき人間と、ちょうどこれら善人とは対極にある人間がいっしょに登場している。この短編の結末の暗さが意味するものは、ブラウンが「自己の善良さを守ろうとすることによって身を滅ぼす」[47] ことにあると言えるかもしれない。

奇怪にデフォルメされたことにあえて踏みこんで、フォーグルの言う「意味が曖昧なのは意図的であって、ホーソーンの目的の不可欠な要素であり」「ホーソーンは中心をなす曖昧性をもって作品を終えている」[48] という分析を援用して言えば、作者の意図はあきらかである。それは表向きの善に懐疑の目が向けられることである。作者は読者に同じ懐疑の目を向けさせようとしている。虚構の技巧として意味を曖昧にしているのは、ブラウンの確信のなさと懐疑を作品にみなぎらせようという作者の意図があるからだと考えられる。[49] 作者はここに、社会生活の規範をなしている正常と異常、正気と狂気の境界線をうたがう視線を読者とともに分かち合おうと意図しているかもしれないのである。この作品を精神分析的に考察して偏執病的妄想に文化論的「否定」の原型を読み取り、[50] この作品の主人公に「他者の行為との関係の不安」[51] を見るとしても、疑念の本質は変わらない。

明るい視界からはずれて、ときには猥雑なほどに日常の生活から迷い出るこれらの作品は、修正されたのかもしれない「メリー・マウントの五月柱」はべつにして、なぜ『トワイス・トールド・テールズ』に収録されなかったかについては、ただ一つの理由だけですますわけにはいかないが、『ファンショー』を失敗作と見なして創作に励んだホーソーンが、「陰鬱な部屋」の生活の経験の生々しいときに、これらの作品があまりにも怪奇的なことに気がついて再録をためらったのではないかと推測することはできるように思われる。それほど「陰鬱な部屋」のうっとうしさが彼を悩ましていたとすれば、これらの作品の虚構性と芸術性の高さはホーソーンの生活の代償として生まれたのである。

第3章　呪われた原稿

「原稿の中の悪魔」「孤独な男の日記の断片」

紛失したのでもなく、盗まれたのでもなく、火災に遭ったのでもなく、自分の書いた原稿を自分の手で焼いてしまったという話はホーソーン自身が語っていることなので現実に起こったことにちがいないが、なにかまだ知られていない彼の人柄に明快な鍵が隠されているのではないかと期待する者にとっては、興味ある逸話になっている。燃えてしまった原稿がどんな内容のものだったかということもあるし、またこの逸話に、さらに裏の逸話があるのではないかと勘ぐる向きもある。そうした期待は当然であるし、いつまでも消えることはないだろうと思う。しかし、この行為に関することでは、彼自身がいくつかのところでそれなりの説明に相当するものを表明していると断定することも、あながち乱暴なことにはならないと思う。

まず識者の頭に思い浮かぶものとしては「原稿の中の悪魔」が挙げられる。法律を学びながら文学の修業にも励んでいるオベロンという若者を、ある友人がはるばる遠くから訪れるという書き出しで、この友人をまえにして自分の原稿を焼いてしまうのを頂点に、やがて煙突から飛んで出た原稿の燃えさしか火の粉が町に火事をひき起こしてしまうという結末で終わっている。この短編は主人公のオベロンが一方的に話をし、一方的に行動するだけの、いわばたわいのない作品といってもいいかもしれない。しかし、原稿を焼く行為に移るまえに、主人公は、それぞれ密接に関連していて一つ一つを切り離すことのできない、きわめてはっきりとしたいくつかのことを目のまえの友人に語っているのである。

「これらの作品を書くことが、ぼくにどんな影響をあたえてきたか、きみにはわからないだろう。ぼくはこれまで夢のようなものを夢中になって追いつづけてきたのであって、しっかりとした世間の評判なんかには無頓着だった。ぼくはいま幻に取り囲まれていて、そいつらは本物そっくりに人生をまねるものだから困ってしまうんだ。そいつらのおかげでぼくは世間の常道を踏みはずしてしまい、奇妙な孤独——人のいる真ん中にいる孤独——だれもぼくのやることを望むわけじゃないし、ぼくが考えたり感じたりするようには誰もしないような場所にぼくは迷いこんでしまったんだ。これもみんな、もとはといえば、これらの作品のせいなんだ。これが灰になれば、たぶんぼくはもとの自分にもどれる」[1]

この前の頁には、原稿の中には悪魔がいるということや、魔術の記録のことや、自分の頭で作り出したものが怖いという気持や、人の幸福を血をすうように吸い取る悪魔の性質のことや、それができるのも「これら呪われた原稿」[2] のためだということが述べられていて、ここに引用した部分では、これらのことがさらに敷衍され、もっと落ち着いた形で説明されている。彼の嫌悪の対象は自分の書いた作品であると同時に、それを書いている途中で生み出したお化けのような幻が現にいま自分を取り巻いているという事実であり、世間から切りはなされて孤立していることであり、原稿に隠れてこれらを実現した悪魔がいるということである。ところが、自分の原稿を怪しげな目で見つめるこのオベロンの口から、これらとは別のもっと激しい嫌悪の対象が、じつに辛辣なかたちで語られる。それは出版人、それもとくにアメリカの出版人である。もらった返事の手紙は焼いてしまったと告白した彼は、教科書しか出版しない人や、自分の本を出版するのがいやで、わざわざ商売をたたもうとしている人や、こちらで費用を負担してはじめて、なんとか引き受けそうな人や、予約出版を勧める人や、さんざん批判したあげく断わった人などの例を出したあとで、つぎのように言うのである。

「しかし、こういった十七人の不正なやつらのなかで、たったひとり正直に思えるやつがいて、そいつが偏見ぬきに言うところでは、アメリカの出版人はアメリカの作品なんかに手を出さないだろうし、たとえ名の知れた作家だって事情はあまり変わらない。ましてや新人の作品なんて損害を当人が負担するのでないかぎり、ぜんぜん相手にしないだろうということなんだ」[3]

つづいて、これが原因で自分の作品を見るのもいやになり、ちょっと見ただけでも胸が痛くなるといい、原稿の中に悪魔がいると彼はくりかえす。そして、原稿が燃えるのを見るときのギラギラするような喜びを自分は期待していると友人に語る。

ここで嫌悪の対象をもういちど振り返ってみると、原稿そのものはべつとして、悪魔といい幻といい、自分の作品を受け入れようとしないアメリカの出版人といい、いずれもオベロンその人の責任とはじかに結びつかないような、あるいは必ずしも結びつけなくていいような外的なものであることがわかる。いやでたまらないものが、いやだと思う当人の内面と深いかかわりあいをもたないならば、これはたんなる気まぐれでしかないし、どこにでもある投げやりの精神をすこしばかり脚色したにすぎないということにしかならないだろう。「自分の頭で作り出したものが怖い」[4]という言葉もあるが、これが作品の嫌悪につながるためには、ちょっとした精神の乱れがあればいいことだし、作品がなくなれば怖いこともなくなるというわけにはいかないだろう。

問題はもっと根がふかく総体的なのだ。

いざ原稿を焼こうとしてオベロンはふしぎな告白をはじめる。それは原稿が成立するまでの成立過程とでもいうべきもので、いろいろと想像をめぐらしていると自分の身は魂だけとなり、天に昇って天の川に沿って走っているように思ったり、馬車に乗って構想をめぐらしていると車輪の音や乗客の話し声のほうが夢のようになってしまい、頭のなかの幻があざやかな現実となり、夜は夜でひとたび幻が頭に入ると、それはいくら消そうとして努めても消えないでいて、やがて朝になると自分はぱっちりと目覚め、しかも興奮しているといったぐあいで、いわば自分は自分の魔法にひっかかった被害者だと彼は言うのである。

「ときには、ぼくの考えというのは地に埋まっている宝石みたいなもので、掘り出してやったり、みがいて光らせることも考えなくてはならなかった。もっとしばしば起こったことは、まるで砂漠にとつぜん噴き出した水のように、甘い思考の流れが急に紙の上にほとばしり出てきたことなんだ。それがすんでしまうと、ぼくはどうにも仕様のない状態でペンをかんだり、あるいは、まるでぼくとぼくが書こうとしているものとの間に氷の壁があるみたいに、冷え冷えとしたみじめな労苦をあじわいながら、ただまごついているだけだった」[5]

そして現に、できあがった原稿を見ると、

「いちばん美しい色で書いたと思った絵も、色あせたあまりはっきりしないものにしか見えない。ぼくはただ夢の中でしゃべりまくり、詩的な気持になり、気分をよくしていただけだった。そして、ほら、ごらんよ。こうして気がついてみると、すべてに意味がないんだ」[6]

友人がとめるのを振り切るようにして、あくまでも燃やすと言いはる彼は、人のあざけりや中傷や冷淡な態度や、気の毒だと思われて心にもないお世辞を言われることなどを軽くあしらいながら、目をぎらつかせて、つぎのように叫ぶ。

「ぼくは、ちゃんと墓に入れられるような普通の人間とちがった社会ののけ者だ。生きているときは尊敬されないし、死んでしまえば、なんだあんなやつはと思い返されるだけで、ぼくの灰なんか不注意な人の足で蹴散らされてしまうかもしれないんだ」[7]

ここに引き出した三つの引用をふりかえって見てみよう。

まず作品を書いているときの個人的な体験がある。つぎには感情的であるとはいいながら、ひとつの自己認識がつづいている。そして最後は、もうやけっぱちとしか言いようがない。しかもこのあとには、もう二度と作品を書くことがないようにという祈りのこもった言葉があるだけで、やけっぱちだからどうなってもかまわないということにはなっていない。むしろ、原稿さえ燃やしてしまえば原稿を成立させたもろもろの精神状況や外界からの汚名や屈辱まで消えてしまうといった口ぶりだ。ここに「呪われた原稿」の背負っている一つの役割と意義がある。「悪魔」についても同様のことが言える。「呪われた原稿」の中身がどんな内容のものだったか、あるいはオベロンが原稿の中にいると信じた悪魔がどんな属性であったかということは、あまり大きな問題ではない。「呪われた」というかぎり呪う主体があるわけだが、それがいまいましい気持をいだくオベロンその人であって、悪魔というような第三者の役割があくまでも控えめなものであってみれば、自分の書いた原稿を忌み嫌うということは、まさしく自己嫌悪そのものにしかならない。したがって原稿を焼くという行為は自己の代替物を焼くということであり、ひとつの危機からの脱出を意味することになる。

一八三五年十一月に、Ashley A. Royceというペンネームで『ニューイングランド・マガジン』に発表された「原稿の中の悪魔」は、一八五二年（じっさいは一八五一年）に出版された短編集『雪人形・その他のトワイス・トールド・テールズ』にはじめて収録された。[8] つまりこれより前の短編集『トワイス・トールド・テールズ』（一八三七年、一八四二年、一八五一年）にも、

『古い牧師館の苔』(一八四六年)にも載らなかった。ところが一八五一年の『トワイス・トールド・テールズ』の「まえがき」を読むと、内容的にこの作品と共通するいくつかの点が浮かび上がってくる。もちろんこの作品の入っている『雪人形・その他のトワイス・トールド・テールズ』にも「まえがき」があって、これにも同じような感情が流れているが、すでに『緋文字』の作者として名を成したホーソーンが、無名時代のいわば挫折を一気にぶっつけたような一八五一年の『トワイス・トールド・テールズ』の「まえがき」のほうが、はるかに率直で自伝的要素の濃いものになっている。一方は主人公の登場するフィクションであり、一方は作者が読者に伝える前置きの言葉であるのに、この二つの文章に流れている情感はあきらかに一つである。この二つの文章のあいだには十五、六年の歳月が流れているとはいえ、人生のなかで一つの情念が生きつづける時間としてはけっして長いとは言えない。

『トワイス・トールド・テールズ』の作者はぜひ言っておきたいことが一つあって、これについては仲間の者たちが誰も口をはさもうとは思わないだろうから、なんの心配もなく言っておこう。彼はかなり長いあいだアメリカでいちばん名の知られていない文士だった。[9]

こんなふうに切り出したホーソーンは、オベロン青年のもつ言葉の激しさこそ出さないものの、オベロン青年が示したような出版人に対する恨みや、冷たい読者に対するぴりっとした苦言をさらりと言ってのけながら、自分の作品に対する嫌悪をもっと淡々と、しかも冷静な判断力を誇らかにうたうようにして読者に説明してくれる。

いま述べた期間をつうじて、作者は名声とか利益とかを、それ相当に当てこんで文学に励んだわけではなくて、ただ創作そのものの楽しみしか持っていなかった。この創作の楽しみというのは、それなりに間違っているとは言えないし、この種の仕事の取り柄としては欠かすことのできないものなのだが、また一方では、長い間たつうちに、作家の心に悪寒を呼び覚ましたり、指先の感覚をなくしたりさせるものなのだ。この期間に、この本の中の四十かそこらの小品を書いた以外は、作者のこの時期の思考と勤勉のしるしとなるものを作者がなにひとつ示すことができないのは、いちばん激しく心を燃え立たせてもよかった時代に、まったく思いやりというものを持たなかったせいなのだと読者は考えていい。[10]

説明はなおもつづく。オベロン青年が夢のようなものを夢中になって追いつづけたことや、幻に取り囲まれて孤立してしまったことや、冷え冷えとしたみじめな労苦をあじわったこと、現実の世界から切り離されているのではないかといういら立たしい体験が、もっと落ち着いたわびしさをともなって思い返されてくる。

これらの作品には、遠く人里はなれた物陰に咲く青白い花の色合いがある。つまり、どの作品の感情にも観察にも溶けこんでいる瞑想癖という冷たさがある。情熱というよりも感傷があって、日常生活を描写するつもりでいるときでさえ寓意をつかい、これが必ずしも生きている暖かい血のかよった人間になっていないものだから、読んだ人はそら恐ろしくなってしまうのだ。力不足なのか、それとも、どうにもならない自制から来るのかはっきりしないが、この作者の書きぶりには、しばしば精彩のなさが目立つ。これでは最高に陽気な男だって、作者の言っている最高に明るいユーモアに笑おうと思っても笑えないし、たとえば最高に優しい女性だって、作者の表現している最高にふかい悲哀に暖かい涙を流すわけにはいかないだろう。この本からもしなにかを読み取ろうとするならば、この本が書かれたときの澄みきった、とび色の薄明かりのなかで読む必要がある。日の光のなかで開くと、まるでなにも書いてない本のように見えるおそれがある。[11]

オベロンという名称はホーソーン自身が署名するときに使った偽名であって、ボードン大学在学中に級友とかだれかがホーソーンに与えたニックネームではなかった。[12] したがって、オベロン青年をそのままホーソーンに結びつけることはそれほど無理ではないし、じじつまた、そう受け取られている。[13] ところがそれはそれとして、「原稿の中の悪魔」のなかには、もうひとり重要な人物が出てくる。この人物はオベロンの友人というだけで、名前も記されていないし性格もよくわからない。彼はただオベロンの勤める法律事務所をおとずれて、いら立つオベロンを相手にしながら、じっと彼のやる行為を見つめているだけといっていい。激しい感情に揺れるオベロンとちがって、彼はじつに手際よく友人の話に受け答え、友人の行為にもあまり干渉することなく、いわば成り行きだけを克明に観察するのである。ここにあるのは真の意味での対話ではない。いわば対話に移るまえの、じっと相手をさぐる目があると言ったほうがいい。これもまた作者の分身であるにちがいないが、自己嫌悪そのものに取って代わるべき「呪われた原稿」とどのような関係に立つかということが問題になる。[14]

なるほど、いざ火に入れようとしたときには腕をつかんで止めようとするが、燃やすことを主張し、燃えたときの喜びを語るオベロンの言葉を耳にしながら、この友人は真剣に反対しようとは思っていないのである。そして、いっしょにシャンペンを飲み、ほろりと酔ったりするほど気安い。体が不自由な子供を腕に抱こうとするようにオベロンが原稿を引き寄せると、彼はじっと見ているのだし、ダンテさえ引き合いに出して原稿をめくる地獄の苦しみを口にしたり、自分の魔法にひっかかった被害者だというオベロンに、そういう苦しみのなかにも幸福があったかもしれないと彼は言うのである。それもこれも彼はじつに冷静な観察家であるからだ。原稿を燃やす決意を聞かされた彼は、ひそかにつぎのように思う。

わたしはこの作者がひじょうに好きだったけれども、彼の書いた作品は火で燃やしたときのほうがずっと光り輝くとひそかに考えていたので、この決定にあまり強く反対はしなかった。[15]

これと同じ顔が『トワイス・トールド・テールズ』の「まえがき」に顔をだす。そして、冷静に判断し控えめに意見をはいているこのオベロンの友人とちがって、『トワイス・トールド・テールズ』の「まえがき」の場合には、激しいオベロンの心情をもふくんだ自信に満ちた爽快さすら感じられる。

これ以外のほかの作品は、ほんのわずかの間しか存在しなかったが、それでも明るさという点では、うまく新聞雑誌に載った作品よりも、ずっと明るい運命をたどった。つまり作者は、情けも良心の呵責も（おまけに、あとに続くはずの後悔も）感じないで、それらを燃してしまい、自分の呪わしい原稿をよく知っていたので、そんな退屈な作品が、ぼうぼうと煙突に火が燃え上がるほど燃えやすいものであったかと考えて、なんどか驚いた。[16]

もちろんこの二つの引用には共通のアイロニーがあって、燃やしてしまうべき暗い呪わしい原稿は、それが燃えるときの火の明るさと対比されている。そしてその火の明るさは、呪わしい原稿にまつわるあまりぱっとしない体験、たとえば現実をはなれて夢みたいなものばかり追いつづけたとか、幻に取り囲まれたとか、氷の壁にぶつかるといった、それなりにいわば説明のできるような体験を一気に克服する助けとなるだけではなく、それらの体験でつちかわれ、しかも無意識のうちに自己体験をくりかえしながら自己嫌悪にまでふくらんできたものに存在証明をあたえることにもなる。

作家が作家を素材にして文を書くことは珍しいことではないし、またその場合はたまたま描こうとする主人公が作家だったというような単純なことではないはずで、なにかそれ以上に深刻なものが問われていると考えてもいいのではないだろうか。現にホーソーンにしても、ここで扱った「原稿の中の悪魔」も含めたいわゆる「オベロン物語」[17]と称される一連の作品のひとつ「孤独な男の日記の断片」のなかで、同じく原稿を燃やしてくれるようにと友人に頼んで死んでいった若い作家を、その日記をとおして描いている。「原稿の中の悪魔」とほぼ同じころに書かれたらしいことと、[18]「原稿の中の悪魔」よりももっと感受性の豊かさを示していると思えることから考えると、日記の内容はまた別の意味で興味ぶかいが、この「孤独な男の日記の断片」も「原稿の中の悪魔」の場合とおなじように、主人公を観察している冷静な「わたし」がいて、「人生の喜び」をじかに手でとらえることのできないいら立ちと倦怠を、若くして死ぬ青年にありのままに表現させせることに成功している。

彼がわたしに言った最後の言葉はつぎのようなものだった。「ぼくの原稿を燃やしてくれ。むこうの机の中にあるもの全部だ。だまされて出版してしまうようなものがあるといけないからな。ぼくはもうたくさん出版したんだ。きみに預けてある古いばらばらの日記については――」ここまで言うと、いつも彼をとらえて離さなかった、あのいくつものうつろな咳のために気の毒な友人はしゃべることができなくなった。そして咳き込んだまま疲れて眠ってしまった。わたしは彼が目覚めるのを待って、その日の真夜中から真昼までじっと見守っていた。部屋は暗かったので光がほしいと思って、やがてわたしは雨戸をあけた。するとなんとしたことか。ぱっとした明るい光が冷たくなった死人の顔を照らし出した。[19]

この「わたし」は、このあとオベロンに言われたとおり原稿を焼いてしまう。そしてあとは、始末するかどうかについて聞きそびれてしまった日記を公開したい気持になったことや、オベロンの人柄をすこし紹介するだけで、ただ影のような役割しか果たしていないのである。燃やしてしまった原稿がどんなものだったかについては、まったくそっけない説明しかなされていないないが、ここに引用した情景から判断すると、ちょうど「原稿の中の悪魔」のなかの「わたし」が燃える原稿を見つめていたように、「孤独な男の日記の断片」の「わたし」は死の床でオベロンが死ぬのをじっと「見守っていた」ことはたしかなのだ。原稿を燃やすことが大きな問題なのではない。原稿にまつわるあるもの、原稿をとおして認知できるようなあるものが消えることが問題になっている。そしてこれもまた『トワイス・トールド・テールズ』の「まえがき」が、ある程度のことは暗示してくれている。

言うまでもないことだが、スケッチ風の作品には深みがない。しかしもっと注目すべきことは、作者のがわに深めようとする意図がほとんど見られないことだ。これらの作品には、文章の形で取り交わされる孤独な心と自己との交渉を示すような観念の難しさや表現の曖昧さといったものはまったくない。[20]

なぜ深めようとしなかったのかという理由を、ホーソーンはつぎのように説明している。

これらの作品は、世間から引きこもった人間が自分の知性と感情を相手にして取り交わした話なのではなくて（もしそうだったならば、もっと深く永久的に価値のあるものになっていたはずだ）、そうした人間が世間と交渉をはじめようとする試みであり、またきわめて不完全ながら成功している試みなのだ。[21]

ここには一つの完結がある。なぜなら、たとえ「呪わしい原稿」がどうであれ、とにかく「呪わしくない原稿」のあることも認められるからであり、作者自身がここにはっきりと言っているように、これらの原稿は自分の殻に閉じこもるものとは反対の方向に道を開いたからである。そしてこれを成立させたものは、おそらく「孤独な男の日記の断片」と「原稿の中の悪魔」のなかに登場する「わたし」の示す冷静な判断力だった。

原稿を焼いてしまった逸話についてはすでに述べた『ファンショー』の焼却と、書かれたはずの作品で残っていないものがあって、これらも同じ運命をたどったかもしれないのである。現実に燃やした行為を作品に描いたとなると、たんなる感傷でもってこの逸話を取り扱うべきではなくて、あとにつづく作者と作品にたいする影響力に重きをおいたほうが、より実り多いものを期待できそうである。すでに発表した作品をいくつかの短編集につぎつぎに収録していったなかで、「原稿の中の悪魔」は最後の短編集にやっと取り上げられ、「孤独な男の日記の断片」のほうは、いちど雑誌に発表されただけで、ホーソーンの生存中はついに短編集には載らなかった。それにもかかわらず、『トワイス・トールド・テールズ』の「まえがき」に見たように、この体験の記憶は若いときの文学への出発とひとつになって、おそらく消えることはなかったのだろう。したがって言葉を変えて言えば、これはこれだけでホーソーンの深刻な内面的体験のひとつだったのではないだろうか。

一八四二年刊行の『子供のための伝記物語』のなかの「サー・アイザック・ニュートン」の項で、ホーソーンは、ニュートンが二十年にわたる研究成果を記録した原稿を愛犬の倒した蝋燭の火で燃してしまった情景を描いている。

> ちょうど原稿が燃えてしまったときに、ニュートンは部屋の戸をあけた。そして、二十年の苦心が灰の山になってしまったのを見た。そこにこれを仕出かした愛犬のダイアモンドが立っていた。ほとんどどんな人でも、こんな場合だったら、ただちに犬に死刑の宣告を下しただろうが、ニュートンは胸ははち切れそうに悲しかったにもかかわらず、いつもの優しさで犬の頭をなでてやった。[22]

この情景を描きながら、原稿が燃えるとはどういうことかをよく知っていたホーソーンは、燃えてしまった原稿の灰のそばに立つ自分の姿を思い起こしていたかもしれないのである。

第4章　感傷と共感　「我が家の日曜日」「優しい少年」

成人してからのホーソーンが教会に通わなかったことは知られている。[1] これを証明するかのように「我が家の日曜日」の語り手は、教会に通う信徒の動きのすべてを理解しながら、つぎのように独白する。

多くの人間が体だけは教会の席にはこび、魂のほうは家においてきてしまうのにたいして、ぼくは体のほうは出席を遠慮するとして、内なる自分はいつも教会に行っていると言えば十分だろう。しかもぼくは、友人の寺男よりも先に教会に行っているんだ。[2]

ここには諧謔と弁明に隠れて作者の選びとった特異な位置がある。[3] 作者は作者の選びとった特異な位置で人と風景を観察する。観察すること自体が特異なわけではない。そこには信徒と交わらない観察する自己がある。特異な位置にいると知ったときにその特異な自己を掘り下げるという深刻な事態が起こる可能性がある。そしてここではそういう深刻な事態は起こっていない。手紙の中でホーソーンが書いたように、幻とともに住み、生きている感覚が失せていくほど深刻であるならば「体のほうは出席を遠慮するとして、内なる自分はいつも教会に行っている」とは言えないはずだからである。

特異な立場を選びとった「我が家の日曜日」の作者は、初出では「優しい少年」の作者（the author of "The Gentle Boy"）として読者に知らされている。初出の「優しい少年」は削除をふくむ修正をくわえて、[4] はじめての作品集『トワイス・トールド・テールズ』に収録された。この短編集を出版した一八三七年までのホーソーンは読者に実名を知らせなかった。当時は雑誌に発表する作品に作者名を入れる習慣がなかった[5] ことも一因となっているのかもしれないが、実名を使わないことは徹底しているといってもいいほどで、親友のホレイショ・ブリッジの工作で実現した『トワイス・トールド・テールズ』の出版のあとも、作者名はしばしば『トワイス・トールド・テールズ』の作者（the author of *Twice-Told Tales*）となっている。

すこし煩雑になるかもしれないが、この間の事情をよりくわしく見るために、実名で発表することがほぼ定着した一八四二年までの作品の初出年における作者の表記がどうなっているかを一覧してみたい。[6]

「名前を隠すこと」が出版人グッドリッチの要請で行なわれたことはあきらかになっている。[7] 実名を出さなかったのは幼少年期をつうじてホーソーンを養育したマニング家に芸術家を志していることを知られたくなかったからだとするアーリッヒの論考もある。[8] 個々の作品に実名で登場するのは一八三八年十二月からで、たとえ当時の厳しい出版事情があって、匿名や変名で作品を発表するのがホーソーンにとって不本意なもので、ホーソーン自身が望んだものではなかったとしても、ホーソーンが読者のまえに姿を現わすのがいかに慎重であったか、あるいは慎重にならざるをえなかったかがうかがわれる。[9] すでに発表された特定の作品の「……の作者」という表示だけを見ると、「尖塔からの眺め」の作者が5回、「白髪の戦士」の作者が7回、「優しい少年」の作者が8回となっている。

実名で登場した翌々年の一八三九年に、『トワイス・トールド・テールズ』のなかの「優しい少年」の一品だけが取りあげられ、「三度語られた物語」A Thrice Told Taleという副題をつけ、実名を入れて小冊子として出版された。同じ年には実名で発表された二つの作品がある。初版のおよそ二倍の作品を収録した『トワイス・トールド・テールズ』第二版が出版された一八四二年から、ホーソーンは実名で読者のまえに現われるようになる。先に述べたように、初期に書かれた作品のなかで重要な三つの作品「ぼくの親戚、モリヌー少佐」「ロジャー・マルヴィンの埋葬」「ヤング・グッドマン・ブラウン」が一八三七年と一八四二年の『トワイス・トールド・テールズ』に収録されなかったにもかかわらず、この「優しい少年」だけが取り上げられたことには意味があるにちがいない。[10]

一八三九年の「優しい少年」の小冊子には、婚約中だったソファイア・ピーボディの描いた挿絵が入っている。一八三七年の十一月にホーソーンははじめてソファイアに会い、翌年はマリア・シルズビーとの関係の破棄があり、ソファイアに寄せる思いが急速に募ったと考えられる年であって、知人による費用の援助があったことも知られており、[11] この出版が伝記的にも意味のあることはたしかだが、それ以上に重要なのは、その後の短編集には収録されることのなかった「まえがき」がついていることである。この「まえがき」は、ホーソーンが自己の作品に付した一連の「まえがき」のなかで、いちばん早いものである。その前半はつぎのようになっている。

読者に向けてここに新しく出版されるこの物語は、作者のもっとも早いころの作品の一つであった。しかし、年ごとに刊行される贈答本のひとつに初めて発表されたときはほとんど注目されなかったものである。それがいまようやく、このあとにつづく作者の作品のどれよりも大きな読者の関心をひいたように思われる。作者としては、もっと腕をみがいて想像をはたらかせたならば、最初の素朴な作品をしのぐことができたのだと前向きに考えてもよかったかもしれなかった。こまかく読みなおしてみれば、この「優しい少年」くらい不完全で、できの悪い構想感に苦しむことのないものも『トワイス・トールド・テールズ』のなかにはいくつかある。しかし、(たとえ判定が評者に等しく偏見のない場合でも作者自身のものよりもはるかにましであろう)多くの人の意見によって、作者はこの作品で芸術が追い求めてきたものよりも深く自然が作者を普遍的な心情に導いてくれたものと思うようになっている。これは作者の才能ではなかった――喜んでまた努力をかさねようとは思わなかった――そうではなくて、これはペンに取りつき、作者がむなしくも、ふたたびつかみ取ろうと努めたかもしれない人間的共感にたいする力のなにほどかを作者のペンに与えてくれた満足感だった。

この物語の効果については今回の版を出す喜びほど作者に許されたことを示すものはない。イルブラヒムの性格を生み出した創造力は弱いけれども、それは他者の心に影響をおよぼしてきたし、したがって想像上の人生に深くて純粋な美の創造物をあたえてきたのである。[12]

家路を急ぐ荒野で処刑されたクエーカーの子供を見つけ、親として養育したピューリタンが、やがて妻とともに自らもクエーカーになり、世間と官憲から厳しい仕打ちを受けるようになって、最後は養育した子供が死を迎えるという筋書きの「優しい少年」は、子供の実の母親であるクエーカーが村の教会堂に現われて、子供を手放さなければならなくなる長い情景をなかに入れて読者の感情を引き立たせる作品となっている。描写されている情景だけではなくて、あきらかに読者にはそれとわかる多くの葛藤が隠れていて、共感と共鳴、同感と同情といった感情移入を引きおこす。そのために「お涙ちょうだい」式の作品と誤解されやすい。

一八三九年の紹介記事はこの作品を「感傷的狂想曲」sentimental rhapsody として一蹴し、[13] ニューマンはこの作品が二十世紀の読者に退けられる理由として「度を越えた感傷性」oversentimentality という言葉をつかっている。[14] ほかにも「感傷性」を指摘する研究書は多い。[15] ダブルディは「現在はこの作品のペイソスが批評家を遠ざけてきたのかもしれない」[16] といい、ニューベリーはピューリタンからクエーカーに転じた「ピアソンの人間的共感が教派の根深い頑迷さと両立するものを打ち負かしている」[17] と表現している。

しかしダブルディが言うように、この作品にはペイソス以上のものがあり[18]、したがって感傷性とペイソスだけで評価して終わらせてしまうことはできない。読者のがわに感傷的と映るかどうかとはべつにして、この作品だけが取りあげられて再版されたことと、実名が付されたことと、作者の「まえがき」にある表現を考えると、いくつかの点で、感傷性と取り違えられるものに隠れた伝記的、芸術的、さらには文化的問題が見えてくるように思われるのである。[19]

セイレムの歴史家のフィリプスは言う。

セイレムの歴史の当時の知識の大部分は不幸にしてナサニエル・ホーソーンに由来する。そして、これまた不幸にして、彼は現代の偽歴史家と偽伝記作者の多くと同じように、あまり歴史的正確さに注意をはらわないまま、虚構を、興味をそそり生き生きとしたものにするために書いた。[20]

ピューリタンのクエーカーに対する迫害は、植民地から見た本国イギリスの動乱の事情を考慮することなしに理解することはできないが、作品のなかでは、クエーカーの狂信性は養父母ピアソンとドロシーのクエーカーへの信仰の変化となって実現される。クエーカーの子供を養育することが世間ににらまれるであろうことを知りながら、ピアソンは子供をつれて家に帰る。心情をよせた年上の少年から裏切られるイルブラヒム。少年の死をまえにして神の命をも信じられなくなったピアソン。こうした葛藤の情景はその一つ一つが現実に起こったかもしれなかった歴史的背景と、世間という社会がある情念に流れるときに示す非情さといった偏在する世の中の姿を前提としている。ここから導き出されるものは、過去に起こったことを考える芸術家としての作者の姿勢である。[21] 過去に起こったことを材料にして作品を書くということは歴史を書くこととはちがう。[22]「変形への躊躇」で論じたように、作品は多かれ少なかれ歴史の叙述と歴史的事実から逸脱している。

もっとも早いころに書かれたと推定されている『故郷の七つの物語』*Seven Tales of My Native Land* の一部だったとされる「アリス・ドーンの訴え」のなかで、主人公の語り手は、魔女が処刑された地であるギャロウズ・ヒルに触れて強い不満を述べている。

ぼくたちは伝説や伝承の人間ではないので、五十年も過ぎると、ぼくたちの古い町のだれもが魔女に対する妄想の起こったときさえ言い当てることができたわけではなかった。……ぼくたちは現在の人間なので、古い昔に心からの関心はもっていない。[23]

クエーカーの迫害では魔女裁判と同じようにホーソーンには先祖の記録があった。ウィリアム・ホーソーンは積極的に迫害に関係した一人だった。[24] 初期のクエーカーの活動がセイレムであったことも重い事実である。[25] 父方のホーソーン家と母方のマニング家はともに迫害した者と迫害された者の血縁があった。[26] 苦しめられ、消されていった人間への思いは、創作にいそしむホーソーンにとって、感傷におぼれるような主題ではなかったのである。子供を養育する親という視点から考えると、同じ一八三一年に書かれたと推定される「ロジャー・マルヴィンの埋葬」では、父親があやまって息子を銃殺してしまうという結末になっている。どのような理由があろうとも迫害は同胞が同胞を苦しめるという人間社会の不条理である。「ロジャー・マルヴィンの埋葬」が一八四六年の『古い牧師館の苔』まで取りあげられない一方で、「優しい少年」だけが個別に取りあげられ、「まえがき」をつけて読者のまえに差し出されたことには、それなりの意義があるように思われる。[27]

ホーソーンは一八五一年の『トワイス・トールド・テールズ』の「まえがき」に、「いちばん激しく心を燃え立たせてもよかった時代に、まったく思いやりというものを持たなかった」total lack of sympathy と告白し、一連の作品のなかには「瞑想癖という冷たさがある」the coldness of a meditative habit と言い、「情熱というよりも感傷があって」Instead of passion, there is sentiment と表明した。「孤立時代」と呼ばれる例の「陰鬱な部屋」の経験が、自分の置かれた環境に思いをはせ、自分を責めるホーソーンの自己風刺的な発言だったとしても、[28]「感傷」sentiment と「瞑想癖という冷たさ」のあいだには、あきらかな論理性がある。感傷は感傷的 sentimental なのではなくて、冷たい感性のもとに打ち立てられている確かな感情なのである。それは感情移入であるかもしれないが、涙を流すことではない。これはまさしくドライデンが、ホーソーンの作風に距離をおいた凝視、距離をおいた共感という特性をとらえて「距離の魅惑」the enchantment of distance を論じているものなのである。[29]

他者の不幸を観察し、観察している自己が冷たいと意識することは、すなわち、他者の不幸を理解し、共感することに欠けていると意識することである。「まったく思いやりというものを持たなかった」ことと「優しい少年」の「まえがき」に言う「ふたたびつかみ取ろうと努めたかもしれない人間的共感」human sympathies, which he may vainly strive to snatch again は同じ思考基盤のうちにある。ここに、後期の作品にいちじるしい観察と実験に熱心のあまり悪魔的な性格をおびる人格が創造される道筋がある。[30] 悪魔的人格の創造はホーソーンの創作活動のなかで別の特異な精神活動を生み出している。[31] 感傷性が指摘される「優しい少年」にはそのような悪魔性はない。

共感（sympathy）という表現は「優しい少年」には2回しか使われていないし、[32]『トワイス・トールド・テールズ』第二版で見るかぎり、ほかの作品でも多用されているわけではない。むしろその使用は禁欲的であるとさえ思われる。「人間の一般的共感」the general sympathies of mankind、[33]「自然な共感」natural sympathies、[34]「われわれに共通する性質の共感」the sympathies of our common nature、[35]「人間的共感」human sympathies、[36]「共感の絆」a bond of sympathy、[37]「人間の弱点と情愛へのありのままの共感」natural sympathy with human frailties and affections[38] といった表現が、そのまま感傷につながっていくわけではない。共感という言葉は、むしろ概念として過去の事件に虚構を工夫しようとした作者の心的構造にふかく関係し、科学的実験とあくなき探求をつづけているうちに人間そのものを破壊してしまう後期の短編のいくつかの登場人物を作り出す動因となっているのではないだろうか。言葉であるまえに概念が先行したのであって、技巧であると同じく自伝的なものであるにちがいない。一般読者のまえから消えてしまった『優しい少年』の「まえがき」で作者が読者に言っている「満足感」Happiness には、じっさいに作品が書かれたときの心象と、ソファイア・ピーボディと知り合い、ボストン税関で働き、やがてブルック・ファームに参加することになる当時のホーソーンの心意気が重なっているにちがいないのである。[39] それは創作にいそしむうちに「生きている暖かい血のかよった人間」so warmly dressed in its habiliments of flesh and blood[40] とはなにかを認識し、自己に失われたかもしれない人間的共感の回復を目指そうとする姿でもある。

文芸時評はよほどの新奇さがないかぎり称賛をあたえない。それは勢いのある時代の流れに乗るか逆らうかしながら価値を見つけだそうとはするが、古い価値観にとらわれることをきらう。クエーカーの迫害は魔女裁判と同じように過ぎ去ったことであったし、未来に希望をもつ文化が積極的に取りあげるほどの重みをもっていない。「優しい少年」の作者は、歴史を説き、人間の不条理を説いているわけではない。作者は不幸な少年イルブラヒムに読者の同情を買おうとしているとは思われない。いくつもの葛藤場面があり、それらがみな人間社会がもたらした不幸であれば、過去に起こって忘れ去られたかもしれない人間模様を再現しようとする芸術的意図だったと考えるほうが、制作工程における作者の心により近いように思われるのである。「まえがき」で作者みずから言っているように、作者の意図したものは、哀れみという感情よりも大きい「普遍的な心情」the Universal heart だったかもしれない。そうすると、ダブルディの「この作品のなかに、われわれはわれわれの本性にある避けがたい欠陥を認める」[41] という発言が大きな意味をもってくる。「われわれの本性」のわれわれとは人間にちがいないからである。

第5章　悪漢の精神

「空想の箱めがね」「七人の放浪者」「ウェイクフィールド」

犯罪の計画は実行に移されるまでは、物語の構想のなかの一連の事件とよく似ている。物語の場合は、読者の心に現実感をあたえるために、まったくの作り事ではなくて、空想の光に照らしながら、過去、現在、未来の真実であるように見せようと、作者がそれなりの説得力をもって考えなければならない。これから犯罪をやるかもしれない罪人のほうは、犯罪の筋書きをいろいろと念入りに組み立てるが、実行すると完全に確信しているわけではないし、またそんなことは考えてもいないのだ。自分の考えたことの周囲には夢のようなものが取り巻いていて、彼は夢のなかで被害者の心臓に、いわば死の一撃をあたえ、消すことのできない血の跡が自分の手についているのを見て、びっくりしてしまうのだ。だから、ロマンスのなかで悪漢をつくりだし、その悪漢に悪い行為をあてがう小説家や劇作家と、犯そうとする罪をくわだてる実生活における悪漢は、現実と空想のちょうど中間あたりで互いに顔を合わすということになるのかもしれない。[1]

これは「空想の箱めがね」の語り手が、筋のほとんどを語り終えたあとの締めくくりのところで述べている感想である。いや副題には「教訓」とあるのだから、読者に説いて聞かせているのかもしれないが、ここには「ロマンスのなかで悪漢をつくりだし」creating a villain of romance、「その悪漢に悪い行為をあてがう小説家や劇作家」novel-writer, or a dramatist と、「犯そうとする罪をくわだてる実生活における悪漢」という奇妙な際立った構図がある。芸術家と悪漢という構図ではないが、これと似たような構図が「七人の放浪者」の文学を志す観察家に見えている。

彼［わたり歩く乞食占い師］は悪魔と親しそうなふりをしていたから、世間によく知られている話のなかの悪魔がもっているような精神的、道徳的特性、それもあまり深刻でなく、もっと滑稽味のある特性をいくらか持ち合わせて人生に喜びをもとめ、楽しんでいくのが合っているのではないだろうかとぼくは想像した。それらの特性のなかには、だますこと自体を楽しむとか、人間の弱みとか欠点をぬけめなく見つめたり、強烈にたしなんだりするとか、ちょっとしたペテン師の才能といったものが挙げられるだろう。したがって、この老人にとっては、ほかの人間ならばとても耐えられないような意識をもちながらも喜びを感じることができるので、彼の全人生は世間をだますことであり、彼が世間と関係するかぎり、どんなに世間が束になって知恵をつかっても、彼のちょっとした悪知恵のほうが勝ちを占めることになるだろう。まいにち彼には一連の小さな、ぞくぞくするような勝利があるだろう。……予言の知識があるように見せかけて、かくも多くの愚行を見て取り、かくも多くの小さな悪行をしでかすことができたのだから、彼の冷笑的な心には、なんとまあ、つきることのない喜びの場が広がっていたことか。[2]

ここに語り手であって同時に芸術家であるはずの文学を志す青年の目に映る老人は、「悪魔」the Devil というよりは、詐欺師の像にちかい。しかも語り手の青年はなにかしら憧憬をもって見つめているように感じられるのである。

一八三五年に発表され、『トワイス・トールド・テールズ』の初版に収録された「ウェイクフィールド」は、作品としてはいくつもの欠点があるにもかかわらず、ホーソーンとその作品を知るうえで重要な位置にあることが研究家に指摘されている。シラーは、この作品はホーソーンの考えの主要な流れをなしており、世間からの孤立と、ある人間が他の人間にたいして非情な観察を試みるという二つのモチーフの上に繰り広げられる変奏曲であるとして、おもに主人公の性格を論じている。[3] ワゴナーはこの作品の重要性を創作過程にまで掘り下げて、手法の問題にまで言及している。[4]

このふたりの研究家の分析から共通するものを抽出すれば、作者が意図したであろうこと、すなわち書かれている作品の内容とは異なった筋を構築することも許されるような気がするのである。なぜなら、幸福な結婚生活から、あるとき理由もなしに、こっそり抜け出して、自分のいなくなったあとの生活の破滅、つまり自分の妻の嘆きと、老いていくその姿とをたいした感動もなしに観察するウェイクフィールドの行為を、奇妙な例とか気まぐれと呼んですますわけにはいかないからである。

このようなことができるのはウェイクフィールドが精神、あるいは純粋な知性そのものであるからにほかならない。この精神は無知で迷いやすい肉体を必ずしも正しく導くばかりとはかぎらないのである。のぞき見たいという欲望をもつと、精神だけが持つことのできる観察する目がとつぜん迷い出して、善人としての人間に悪辣な行為をすることも悪としなくなってくる。いっさいの肉体行為をきらい省略しようとするかわりに、妖精のようにどこにでも入り込むことができ、肉体のうめきにも喜びにも係わり合いをもつことなく、しかもつねに肉体の変化に密着していき、観察することをわすれない。この精神はモラル、すなわち人間性と深い関係があるけれども、関係が深ければそれだけ鋭く人間性から離れる特性をもっている。したがってその活動は道徳に反することを第一義としているわけではない。ウェイクフィールドは肉体が持つことのできない戯れの精気なのである。

肉化を嫌う精神は、自己の存在を維持し保護するために、いろいろな性向をしめし、またそうすることによって、ますます肉化への嫌悪をつのらせる。肉体にたいしては高慢に虚勢をはらなければならないし、肉体のように目的に向かって活動するのではなく、ときにはだらしなく怠惰なので静かに自分の殻に閉じこもっていなければならない。こうした本性が生きつづけるためにはなんらかの方法と目的が必要になってくる。その方法は狡猾である。その目的は肉体がめざすような目的とはちがう。この精神は自己を啓発し瞑想することによってのみ自己を拡大しようとする。無目的的目的が肉体から抽象化された精神の唯一の目的である。この目的を遂行するためにウェイクフィールドは変身する。ゼウスがレダに近づこうとして白鳥に変身したように、ウェイクフィールドは一夜のうちに変身するのである。

その瞬間に、彼の運命は完全に変わろうとしているのだ。一歩引き下がればどういう運命になるか、ほとんど考えもしないで、彼はこれまで感じたこともない胸さわぎに息をつまらせながら、急いでその場を立ち去り、遠い町角まで来ても後ろを振り返ってみようとしない。はたしてだれも彼の姿を見なかったのか。家じゅうの者——上品なウェイクフィールド夫人、抜け目ない女中、きたない子供の従僕などが、逃亡した主人を追って、ロンドンの町じゅうを、わめきちらさないだろうか。みごとな逃亡だ。彼は勇気をふるい起こして立ちどまり、家の方を見る。ところが、むかしから馴染んできた丘とか湖とか芸術作品といったものを何カ月ぶり、いや何年ぶりに見るときに誰でも感じるような、見なれた建物にたいする違った感じに、彼は当惑するのだ。普通の場合なら、このなんとも言いようのない印象は、ぼくたちの不完全な追憶と現実との比較と対照から生まれるものだ。ウェイクフィールドには、一夜の魔術が、これと似たような変化をもたらした。なぜなら、その一夜のあいだに、大きな精神的変化が起こったからだった。しかし、これは彼自身にもわからないことなのだ。そこを立ち去るまえに、彼は通りの向こうの方に目をやって、正面の窓をななめに通りすぎていく妻の姿を、遠くちらりと見る。無数の人間のあいだをぬって彼女の目が自分を見つけ出したにちがいないという考えにおびえる、この悪がしこい間抜け者は、そそくさと逃げてしまうのだ。頭はいくぶん、ふらついてはいるが、自分の下宿の炉辺に落ち着いたと知ると、心はじつに楽しい。[5]

こうして精神は精神だからこそ一夜にして「大きな精神的変化」a great moral change をなすことができる。

変身し覗き見て観察するウェイクフィールドの行為は、いわば精神の冒険と呼んでもいいものである。これらの行為は古代ギリシャ人が信じていたデーモンのそれに似ている。[6] デーモンは肉（flesh）を失った死者にちかく、精神（spirit）であり、魔神（good or evil genius）である。デーモンは自分の行為のやましさを知り、うしろめたさを感じているので、けっして日のあたる場所に出ようとはしない。生命力に残酷ないたずらをし、終わりはよい結果をもたらすが、デーモン自体は自分が与えたよい結果の恩恵に浴そうとはしないで、つねに不可思議な精として暗いところにとどまっている。デーモンは自分の行為をひとつの思想にまで高めることはできないのである。ウェイクフィールドもまたそうである。彼は自分の行為を積極的に意義づけることができないでいる。

朝になると、彼はいつもよりも早く起きて、自分はいったいなにをするつもりなのかと考えはじめる。散漫で、のらりくらりとした彼の考え方というのはこんなだったので、たしかに目的意識はあったのだが、自分で考えるに十分なほど、それを明確にできないまま、彼はこんな奇怪な手段をとったのだった。[7]

しかもこの精神は、「尖塔からの眺め」の語り手が憧れる「人に見られない姿になって男女のまわりをうろついたり、その行為に立ち会ったり、胸のなかを探ったり、喜びからは明るさを、悲しみからは暗さを借りてきて、自分に特有の感情はすこしも残さないような、あれこれと詮索する霊化された人」[8]のように、人目のつかないところに身を隠すことに喜悦を感じているのである。

ひそみ隠れる悪漢としての精神は、たえずおびえている。ウェイクフィールドは荒涼とした原野をさまようかのように独り自己の周辺をみつめ、自分の行為の悪さを反省しながらも、その行為を断念することもできないまま、自分を告訴する者が現われるのを恐れている。悪漢というのであれば不安を感じ、恐れるということはないはずである。なぜこのようなことが起こるのか。これには悪漢とは異質なもの、悪辣な行為に埋没することができず、悪辣な行為を述べながら、悪辣な行為の外から悪辣な行為を見ようとする要因がはたらいている。じつはこの作品の大部分の叙述が仮定法に立脚していることが大きな意味をもっている。語り手は叙述するうちに、悪漢としての精神をけっして手放そうとしないもう一つの精神として活動しているのである。

語り手はウェイクフィールドの狡猾さを語りながら、みずから自己の悪賢いことを露呈している。

ぼくたちはそれぞれ自分では、おれはそんな馬鹿なことはやらないだろうと思い、だれかそんなことをやる人もいるかもしれないなと感じている。[9]

批評というよりは観察する精神、観察する悪辣なウェイクフィールドを観察する精神が語り手のなかに確立しているというべきだろうか。ウェイクフィールドが悪辣であることを認識し、その悪辣さをありのままにとらえようとして、さまざまな様態を映し出し、考量し斟酌し評価をくだそうとする。語り手は言う。

この事件は、なるほど正真正銘の奇抜さがあって前例がなくて、おそらく繰り返されるはずのないものにちがいないが、ぼくが思うには、どんな人間の心にも訴えるような事件なのだ。[10]

さらに語り手はこの悪辣な精神だけではなくて語り手自身が、なにか語り手の理解できないものに操られていることを示唆しようとする。

こんな短い文章ではなくて、ぼくは分厚い本でも書きたい気持なんだ。そうすれば、ぼくの力の及ばないところで、ある力が、ぼくのやる一つ一つの行動をがっちりと捕らえ、それら一つ一つの結果を、必然という鉄のような織物に織りこんでいく様子を示すことができるかもしれないからだ。[11]

ここには「原稿の中の悪魔」のなかで原稿を燃やすことを主張するオベロンの友人がいるし、「孤独な男の日記の断片」のなかで原稿を燃やしてくれと頼んで死んでいく若い青年を見つめる「わたし」がいる。ここには「大望を抱く客」のなかで、山間の宿の家族とともに山崩れの下に埋もれてしまう若者を葬ってしまう語り手がいる。

この若者がひそかに心の奥に秘めていたものは、高いぼんやりとした野心だった。彼は名の知られない人生を送ることには我慢できたかもしれないが、墓のなかで忘れられてしまうことには我慢ができなかった。あこがれを抱いているうちに、それが希望に変わってしまい、希望は長く胸に秘めているうちに、ほとんど絶対的な確信になったので、今でこそこうして人知れず旅をつづけてはいるが、彼の歩いている道は、すべてそのうちに栄光に照らされることになっていた――もっとも歩いているあいだは実現しないかもしれないが。それでも、後世の人間が今あるこの薄闇をふりかえってみるとすれば、より卑しい栄光など色あせていくにつれて、彼の足取りが明るく輝いているのをきっと見つけるだろうし、ひとりの才能ある人間がだれにも認められることもなく、その生涯を終えたことをきっと知ってくれることだろう。[12]

高いぼんやりとした野心ではなくて、ここに明確な目的をもった芸術家、道徳家、科学者が立ち現われたとしたら、どのような悪辣な行為を画策するかを語り手は予感していたかもしれない。そうした芸術家なり道徳家なり科学者は悪辣な行為を画策するというから断罪されるというのではなくて、こうした人格が目的を遂行するために我知らず非人間化していくからであり、これらの人格を作り出す芸術家が人間的配慮に無頓着で冷淡になるというので、いっそう深刻なのである。[13]

わけもなく家を出て、家の近くから自分の妻と家の様子を見つめるということがどういうことであるかを知っている語り手であれば、ウェイクフィールドを断罪することは容易なはずである。しかし断罪はしていない。断罪していないところに、ある別の精神活動の萌芽がある。「催眠術師の意志をなにか謎めいて実行することによって、ある精神をべつの精神が不道徳に支配するという考え」[14]が創作活動のなかで大きな位置を占めるようになる。

そのヒントは『アメリカン・ノートブックス』に書き込まれている。

人間の精神にたいする愛と畏敬の念が欠如した許されざる罪というのが存在するかもしれない。愛と畏敬の念を欠いて人間の精神を調べる人は、精神を高めようという希望も目的もなく、ただ冷たい理論的好奇心から精神の深みをほじくり、——どういうものであれ、どの程度であれ、邪悪であることに満足し、ひたすら細かく調べようとする。これこそ別の言い方をすれば、知性と心の分離ではないか。[15]

ウェイクフィールドが覚めた精神であるとすれば、ウェイクフィールド以上に覚めた精神がここにある。ウェイクフィールドが悪でも善でもなく、悪辣なことをする覚めた精神を断罪すればすむという問題ではないことを知っている語り手は、いわば分裂したウェイクフィールドが欲深く求めるように、「人間的な共感はそのまま残し」to retain his original share of human sympathies、[16]さらに精神の冒険をつづけていくことになるのである。

ここに読者の想像を啓発しながら語られている一人の男の人生の素描は、精神の冒険そのものにほかならず、幻想と夢想から生み出された活劇の舞台の展開であって、「ロマンスを立案するホーソーンの方法が縮図的に示されている」[17]ように思われるのである。

第6章　セイレムの私室

「幻の出没する心」

出世作である短編集『トワイス・トールド・テールズ』出版に先立つ十二年間を、ふつうホーソーンの生涯のなかで「孤立時代」と呼び、他の時代と区別するのが習わしになっている。文学修業の時代であったと同時に、すでに傑作と呼ばれるにふさわしい短編をいくつも書いていたという事実、それに、たとえ作者の名前が匿名や変名でしか読者に知らされていなかったにしても、これらの作品はいくつかの雑誌や贈答本にすでに発表されていたという事実、こうしたくつがえすことのできない事実にくわえて、後年にホーソーン自身がこの時代をふりかえって語った多くの記録が残っていて、この時代がなにか特別のものものしさを秘めた謎の時代であるような印象をあたえている。一例をあげれば、ホーソーン研究では名高い評伝の中で、スチュアートは

「孤立の歳月・1825-1837」という章をこの時代のために設けている。[1] 孤立の時代はそのままホーソーンの言う「幻の出没する部屋」「孤独の部屋」と重なっている。孤立も孤独も感じ取るのは個人であり内面の世界である。

それはすばらしい部屋だった――ホーソーンの避難所であり、書斎であり、家庭であり、炉辺だった。彼のすべての希望、すべての夢、すべての願望をつつみこんでいた。しかもなお、しばらくは、これらはすべて入り乱れていた。――若者の部屋にありがちなように――よく整理もされず、乱雑のままで、ばらばらの混乱状態だった。[2]

これは百三十年以上もあとにホーソーンが陰鬱だと感じた部屋を描写したものである。ここにはホーソーンが感じた重苦しさはない。当時のセイレムの町の人びとは、ここに仕事もしないで怠惰に暮らしている若者を想像したかもしれないが、[3] 熱心に創作に励んで世に出ようとしながら思い悩む若者がいたことは知らなかった。

もしぼくの伝記を書く人がいるとすれば、記憶にあるこの部屋のことにおおいに触れる必要があります。なぜなら、この部屋でぼくの多くの青春の日々が費やされ、この部屋でぼくの心と性格が形成され、この部屋で喜びと希望の日をおくり、この部屋で失望に打ちひしがれ、この部屋で長いこと座りながら、世間がぼくを認めてくれるのを根気強く待ちつづけたのです。ときには、どうして早く認めてくれないのだろうか――とにかく墓に入るまではまったく認めてもらえないのだろうかなどと思いめぐらしていたのです。(一八四〇年十月四日付の手紙)[4]

ボストン税関で働き、ブルック・ファームに参加し、生活の設計もままならないで一時的にセイレムの私室にもどったホーソーンが、ソファイアに宛てた告白に似た感慨ぶかい手紙の一部である。「この部屋」はまさしくホーソーンの伝記を書く人と研究者の注意をひき、悩ましてきた。たとえばヴァン・ドーレンはその著の中で「この陰鬱な部屋」という一章をさいている。[5]「孤立の歳月」も「陰鬱な部屋」もホーソーン自身が言い表わしたものであるが、これらの表現からくる印象については、研究家のあいだで必ずしも意見が一致しているとはいえない。たとえばヘンリー・ジェイムズの場合。

『ノートブックス』[6]を詳細に読んだジェイムズは、なぜホーソーンが「かくも長いあいだ、こんなつまらない、しばしば取るに足りないような記録を書くに至ったのか理解に苦しむ」と言い、そのすこし前のところで、「この『ノートブックス』がもっともよく証拠立てているものは心の明朗さと快活さだ」と、いまではホーソーン研究の古典的名著のひとつになっている彼の

『ホーソーン伝』の中で言っている。[7] ジェイムズは「ペシミスト」ホーソーンを否定し、ホーソーンの心の悲劇的傾向にも否定的である。もっともジェイムズは、ノートを書いた目的がわからないと言いながら、そのノートに立脚して言っているのだし、ノートの目的と意義にかんしてはチャンドラーが積極的に評価し、[8] ヴァン・ドーレンがジェイムズの見解に異議をとなえ、ノートにホーソーンが意図したこととは違った影響力を見ようとしているのだから、[9] ジェイムズの考えはくつがえされていると考えて考慮のそとにおいていいのかもしれない。

それにもかかわらず、ジェイムズの見方は二つの極の一つを代表しているといってもよく、いぜん大きな影響力をあたえている。おそらくこれはまた、つぎのようないくつかの理由が大きく手伝っているのだと思われる。その一つは、ホーソーンが描き出した孤独で陰鬱な彼の生活というのは後年になって彼自身が誇張して作りあげたのだとする見方があって、これもあながち無理な見方であるとは言えないからである。セイレムのハーバート通りにあった彼の私室「幻の出没する部屋」「孤独な部屋」（一八四〇年十月四日付の手紙）で「大きな氷の塊のような重さ」（一八四〇年三月十五日付の手紙）を感じ、「すでに墓に入ってしまい、あとはただ冷たくなっていき感覚が失せていくだけである」（一八四〇年十月四日付の手紙）ように思ったと、のちに彼の夫人となるソファイア・ピーボディに書いている。また『トワイス・トールド・テールズ』出版後にソファイア・ピーボディと出会うことになる少しまえの一八三七年六月四日付のロングフェローに宛てた手紙には、その同じ彼の私室が「ふくろうの巣」「土牢」といった言葉で表現されている。「ひとはラブレターを書くとき、現下の幸福感を対照的に明るくするために、それまでの歳月を暗く描こうとする誘惑にかられることがある」とは、スチュアートの考え方である。スチュアートはそのすぐあとで、ホーソーン自身がこの同じ歳月を「穏やかであって不幸ではなかった」と後年になって述懐していることを指摘している。[10] しかしこれほどはっきりとホーソーンの言葉をうたがわなくとも、彼がしばしば自分の生活のなかに欠如していることを訴えた「現実的なもの」という言葉にふれてワゴナーが指摘しているように、現代のわれわれには誤解されやすい言葉を彼は使ったのだということも考えてみなければならない。[11] それに文体の問題もある。ターナーのようにホーソーンのなかに懐疑の視線を見て、作品に諷刺とアイロニーを読み取ろうとする考え方もある。[12]

内気ではにかみやのホーソーン像とは逆に、快活で人づき合いも悪くないホーソーン像もある。〈彼は世間との隔絶をロマンチックに誇張したのかもしれない。彼を論ずる人のなかには「原稿の中の悪魔」や「孤独な男の日記の断片」のオベロンとホーソーンとをほとんど同一視したらしい人たちもいる〉とダブルディは言っている。[13] ひたむきに根気づよく目的に向かうホーソーンに健全な若者の像を見ようとするフレデリックは「病的な陰気さは詭弁である」[14] という。それになによりも、暗いホーソーンの反証になるような多くの作品がある。

しかしまた当時のホーソーンは、親友ホレイショ・ブリッジの言葉をかりれば、「自己不信」におちいっていたらしいことも事実だし（一八三六年十二月、ブリッジからホーソーンに宛てた手紙）、「危機を思わせるような自棄ぎみの冷たさ」があったことも事実だった（同じくブリッジからホーソーンに宛てた一八三六年十月二十二日付の手紙）。一八三七年五月二十四日のブリッジの手紙の中にも、ホーソーンが自分は「土の下」にいるということを訴えていることが示されている。[15] 後年に彼が語った言葉、「魔法にかけられた人間」が過ごす「人生のわき道」や、「曖昧模糊とした薄明の歳月」が、たとえ誇張であったとしても、なお当時の作品のなかに、こうした精神状況を伝えていると思われる作品、たとえば先にあげた「原稿の中の悪魔」などがあることも事実である。ホーソーンが自己の作品を批評する明確さは他の批評家の口をつぐませた、とキャントウェルは言っている。[16] 同じことは、ホーソーンが自己の過去をふりかえったときにも当てはまるはずである。

ホーソーンに見られるこの両極端は早くから二極性（polarity, two sides, double vision, doubleness）[17] としてとらえられ、二面性（ambivalent, ambivalence）という術語になって定着している。「陰鬱な部屋」が必ずしも陰鬱でなかったのかもしれないと言うことも可能だし、孤独や孤立は詩人的な生き方においてはもっとも積極的な意味をもつのであるから、アイロニーに満ちた彼の言葉のはしばしから野心的な彼を読みとり、いわゆる「孤立」は若者ホーソーンの「自信のある選択」[18]だと、そのあとで少し言葉をにごしながら言いきったジェイムズの見方は卓見であったとすることもできるだろう。先にあげたキャントウェルも明確にこのジェイムズの見方を踏襲している。しかしそのキャントウェルでさえ、結局は「彼に関するすべては不可解であった」[19]と言わざるをえないのである。さまざまな局面でホーソーンの真の姿をとらえようとしたワーゲンクネヒトはつぎのように言う。「ホーソーンの個性はしばしば不可解であると考えられてきた。あらゆる人の心は測りがたい謎である——ときには本人自身にとっても謎である。しかし同じことが誰よりもホーソーンに顕著に当てはまるわけではない」[20]この時代にホーソーンは一貫して自分を世捨て人と見なしたというホゥエルティェの考え方もある。[21]

いずれを取るにしても、しかし、ホーソーンの文学あるいは生涯を二面性とだけで言い終えてしまうことはできない。また、ホーソーンの二面性が生まれつきのものであるかのように理解してしまうこともできない。[22]

この問題については象徴と寓意を説明して「ホーソーンは懐疑的な視点で、対決するモラルの問題に——たくさんとは言わないが——しばしば二つの答えを考えていた」と言い、「物語に内在する主題の多様な面を示唆する」[23]目的があったとするターナーの分析が説得力をもっている。おそらく二面性と並んでホーソーン研究の述語になっている「曖昧性」ambiguous, ambiguityについても同じことが言えるにちがいない。「曖昧性というのは誤解を招くおそれがある」とスタッブズは言う。[24] ワゴナーは「問題がもっとも強固な神学上の意味合いに触れるときは、曖昧で神話的で主観的になる」[25]と、より厳密に分析している。

同様に、彼が生来孤独癖をもっていたとも言えない。ホーソーン自身が回顧して、孤独癖はレイモンドで始まったとブリッジやフィールズに語った事実があり、まだ十六歳の少年であったときに書いた「孤独について」というエッセイの中で人間と社会の関係に鋭い洞察をしめし、すでに高い見識を持ち合わせていた彼が、スコットの小説を読破したことを知らせる一八二〇年十月の手紙の中で、すでに「陰鬱」という言葉をつかい、のちの「陰鬱な部屋」を連想させるように、孤独癖の萌芽や原因らしいものは多く見つけられるものの、孤独癖がなぜ、いつ、どのように始まったかを正確に再現することはおそらく不可能である。にもかかわらず、なにかが始まり、積み重なり、発展していったであろうことはたしかである。人はふつう一定の安定感をもって仕事をつづけているが、しかし、つねに平板に仕事をしているわけではない。かりにそうだとしても、いつか必ず自分の過去と対決しなければならないときはくる。たとえそれが一日きざみであれ十年きざみであるという違いはあるにしてもである。

ホーソーンの死後、息子のジュリアンに先駆けて一八七六年にホーソーン研究を著わしたレイスロップは、かなり長い紙数をさいて、この期のホーソーンを考察し、つぎのように描写している。

ホーソーンは屋根裏の彼の小さな部屋にすわって、読み、学び、自分の書いた日記をとおして無言のうちに自己と語り合い、あるいは——なにか狂気じみた考えか謎めいた思索にとらえられて——自分の歩む道が夢の薄明かりをとおして、彼のほかには誰も訪れることのない幻の出没する思考の家の薄暗い部屋という部屋につながっているのを感じていた。[26]

ひとりの作家とその作品を考えるとき、人生半ばのその作家は彼が生み出した生涯の全作品をまだ背負っていないということを念頭におかなければならない。作家は作家が今まで考え、今まで生きてきたなかでできあがった今までの作品しか知らない。[27] 一八三七年のホーソーンは一八五〇年の『緋文字』を知らなかったし、その名声も知らなかった。当時はウォルター・スコットの作風がアメリカを風靡していて、ホーソーンもそれに無関係ではなかったと言われている。[28] アメリカの作家は自己のテーマを自分の国に仰ぐべきだという意見が当時はひろく大きく叫ばれていたとも言われる。[29] しかし、だからといって自分がこの先どんなものを書くかを、だれもがつねに明確に知っていたとは言えない。

セイレムのハーバート通りの建物の三階にあったマニング家のホーソーンの私室が、[30] はたして目や鼻に陰鬱に映るような部屋であったかどうかを、われわれはもはや確かめることはできないが、その部屋の陰鬱さの多くは同時に純粋に精神的なものであったと推定することは許されるだろう。のちにソファイアが「けっして太陽が輝くことのない部屋」[31]と形容した部屋がホーソーンの私室であったかどうかは確認できないが、ユニオン通りのホーソーン家もハーバート通りのマニング家も、それぞれ一族が住んでいたので、物理的に孤立して隠遁できるような空間ではなかったかもしれないのである。[32]それに収入が満足に得られたためしはなかった。[33]部屋の空気をどう読むかは、一八三六年十月二十五日の書き込みで、『トワイス・トールド・テールズ』出版をまえにして書かれたであろうと思われる有名なメモ「この陰鬱できたならしい部屋で名声が獲得された」In this dismal and squalid chamber, fame was won.[34]という表現の真意をどのように理解するかにかかっているのである。このメモの書かれた背景にあった事実がなんであるかはわからないが、ここには明確に志向性が示されている。

ホーソーン家は一八二八年から一八三二年までディアボーン通りに住居を移している。[35]したがって「孤立時代」と「陰鬱な部屋」はそのまま重ならないのである。マンコールが論じるように、たとえ「陰鬱な部屋」にホーソーンの自慰行為をみとめたとしても、[36]作品の創造につながる内面の経過は、なお精神的なものである。そして十年以上におよぶ孤独時代がいつも同じ陰鬱さに彩られていたなどとは考えられないということも許されるだろう。陰鬱な部屋はいつも決まって陰鬱だったわけではない。しかし陰鬱なこともあったのだ。

「真夜中の眠りからはっと目覚めた」という書き出しで始まる「幻の出没する心」という作品

は、「幻の出没する部屋」が、また同時に幻の出没する心でもあったことを知らせている。

ベッドに身を沈めて頭から布団をかぶり、ずっと震えているのだが、体が冷たいというよりは、まざまざと極地の大気を思い浮かべるからなのだ。あまり寒いので外に出てみようなどという気も起こらない。ものぐさにも怠惰にうっとりとすることで満足し、いま改めて感じる甘いぬくもり以外には、うとうととなにも意識しないで、ちょうど殻に閉じこもった牡蠣のようにベッドで一生をおくる贅沢について思いめぐらす。やれやれ、そんなふうに考えたら、それに付随して、いやな考えが浮かんでしまった。荒涼とした墓場の冬をとおして冷たい経帷子に身をつつみ、狭い棺の中で、死んだ者たちはいま、どんなふうに身を横たえているのだろうかと考えてしまい、小さな塚の上にしきりに雪が積もっているときでも、はげしい突風が墓の扉にヒューヒュー吹きつけるときでも、いちど死んでしまった者たちは縮み上がったり震えたりすることはないんだといって、自分の頭を納得させることもできないのだ。そういう陰気な考え方をしていると、おびただしい数の陰気な考えが集まってきて、ぱっちり目の覚めている時間にも陰気な色彩を投げかけるだろう。[37]

冴えている意識と、その意識を怠惰なままにしておこうとする意識、またべつの意識が触れていく冷たくて暗い墓や冬景色を描き出す意識、その意識が現実におよぼしている事実を冷たく受け取る意識等々というように、意識は幾重にも層をなし、それらの層がそのまま絵の線になっている。意識はいつも、たったいま考えたことを支配し、べつの意識がさらにそれを包みこむ。意識の先端が現在にあることによって意識はたえず過去をのみこみつつ、ただひたすらに広がるばかりである。広がる意識のなかにある初めの自己は真ん中にあるとはいいながら、しだいに下方に小さくなっていく。意識は深化すると同時にふくらんでいく。

チャンドラーはこの作品が一八三四年の冬に書かれたものと推定している。[38] このころまでに彼が書いたおもな作品をあげれば、「優しい少年」「ぼくの親戚、モリヌー少佐」「ロジャー・マルヴィンの埋葬」「死者の妻たち」「白髪の戦士」「ヤング・グッドマン・ブラウン」「メリー・マウントの五月柱」「ヒギンボタム氏の災難」「大望を抱く客」というふうに、彼はすでに多くの作品を書いてしまっていたと推定される。そしてこの一八三四年に、さらに三つの作品が加わる。「ウェイクフィールド」「原稿の中の悪魔」「孤独な男の日記の断片」がそれである。この一八三四年に目をすえてみると、過去に材料をとった作品はすでに多く見られるのだが、この年の前後から、同じ過去の材料をあつかうにしても、きわめて生々しい個人の内面の過去が大きくなってきていることがわかる。過去は時代としての過去ではなくて、内面の記録としての個の過去であり、過去は現在に強くたぐりよせられていることがわかる。オベロンと作者ホーソーンを同一視しまいとしても、「幻の出没する心」「ウェイクフィールド」「原稿の中の悪魔」「孤独な男の日記の断片」と並べてみると、読む人はなにものかを感じ取らないわけにはいかないだろう。ここには集中的に意識の深化と多様化が現われていることを見ないわけにはいかない。多くの研究書はこの期にふれて、かなり深い洞察をくわえている。そのなかでも、人間の共感からはずれて、そっと身をかくし、ぜいたくに物事の思いにふけっていることが罪悪であるという意識、どんなに罪悪が大きくあろうとも、罪悪をかくしていることのほうがはるかに恐ろしいという意識を醸成したのではないかと考察しているアーヴィンのそれが、もっとも説得力があるように思われる。ホーソーンは孤独から生まれる罪の意識をさまざまな方法で劇化したが、やがてこの罪の意識はホーソーンのなかで、ふつうの人間から距離をおいて探求をつづける高慢と意識され、これは許すことのできない罪であるとする教条にまでなったとアーヴィンは論考する。[39]

ピューリタン文化の土壌に育ち、先祖の血と歴史に刻まれたピューリタンの軌跡に創作の場を見出していたホーソーンは、いまやふたたび、これまでに見られなかった特異なある領域に踏みこんだと考えられるのである。それがいつであるか正確に言いあてることはできないが、踏みこんだことだけはたしかである。意識のないところに真の表現はありえないとすれば、このホーソーンが踏みこんだ特異な世界はあきらかになる。その独創性はこの期に身につけた意識の特異なあり方であったと言ってもいいのではないか。ジェイムズが「ファンシー」という言葉で追いつめはしたものの、ついに外面的にしか把握できなかったもの[40]が、ここに現われてくる。ホーソーン自身の意識が「病的」ととらえ、キャントウェルが「明敏な正気」あるいは「冴えた正気」[41]と呼ぶものの核が、ここに現われてくる。

作品がよく作られているかどうかはべつとして、きわめて不気味に光っているこれらの作品群に共通しているものは、ファンシーの色濃い特異な意識形態である。ここにはつねに主体を客体化しようとしている緊張がある。しかも結果は必ずしも客体化に成功しているとは言えない。自己を客体化しようと努めている主体はしばしばこれに失敗し、なかば客体化された主体はまた元の主体にもどるだけである。これらは見方を変えて言えば告白文に近いのだが、作者が主体に食い下がっているかぎり告白文ではありえない。なぜこのような意識形態が作品の形をとっているかということが問題である。そして、ここでもまたジェイムズが問題となる。祖先から受けついだピューリタンの良心がホーソーンの心の中にあることを認め、それがホーソーンの心の中で再生産されるのだとジェイムズは考えた。ホーソーンは自分の心の中に見つけたものを「知的」に「客観的に」あつかったと考えるジェイムズはこの「知的」と「客観的に」という言葉に重きをおき、不安で心配なホーソーン像を冷たく突き放してしまっている。[42]「ホーソーンにとって孤独は観念ではなくて彼が生きた現実だった」とヴァン・ドーレンは言う。「彼は彼の部屋で孤独とともに生きていた。もっと重要なことは、彼は芸術の中で孤独と格闘していたのだ。彼は孤独を捨て去ろうとはしなかった」[43]

想像がなにに基盤をおいているかは意識のなかでとらえることはできるが、想像のメカニズム全体をとらえることはむずかしい。ホーソーンの意識はまさにそのむずかしいところに入り込んだのかもしれないのである。彼は人間の心をすべて自己の心の中に求めたのだ。それは必然的に多くの自画像を無意識のうちに描くことになる。これが繰り返されていくうちに、描かれていくものすべてが自画像となって自己の中に逆流してくる。流れはゆったりとしていたのかもしれない。とにかく彼の描くものが彼自身の姿に重なっていったということなのである。そしてこれは逆もまた真である。彼の心の中に、いつも彼の描くものが実在し、その実在がまた彼の心に働きかける。この循環はかぎりなくつづいていくかもしれない。しかしそうした自画像がそのまま無制限に量的拡大をつづけていくことはできないだろう。その自画像はいつか質的変化をとげ、明るい意識の中に照らし出される。自画像であると同時に意識でもあるそれは、自己のおかれた明るい周囲に驚くとともに、目のまえに映し出されている自画像に圧倒されるだろう。自己欺瞞が現われるかもしれない。自己嫌悪が起こるかもしれない。そして、そうした事態に投げ出された意識は、自己をふたたび増殖させていくか、あるいはすっかり活動をやめてしまうか、または自壊作用をはじめるしかないだろう。いずれにしても、それは素材と作者、作者と作品の相互浸透であり、たえず作者と作品をつつみこんでしまう素材とその作者との関係、その作者と作品の関係以外のなにものでもない。ホーソーンが自分の書いた作品を嫌っていたことは有名だ。彼は自分の想像力を危険だと思っていた。したがって作品は彼に危険をまざまざと再現させることになったのである。

彼があることに思いをはせると、そのあることはやがて生々しい現実となる。彼が過去に思いをはせると、その過去は現在と区別がつかないほど現実味をおびてくる。彼が作品を書くと、その作品は彼の過去、しかも生々しい過去となって彼にたいして強い支配力をもつようになる。彼はそうした奇妙な立場にいる自分を感じないわけにはいかなかった。彼は自分のおかれた奇妙な立場をスケッチしたり作品に書いたりしたが、そうすることによって、つまり時間をかせぐという意味で、かぎりなく絡みついてくる彼の過去、彼の現状、彼の作品の材料から、かろうじて逃れることができた。しかし脱出は完全に行なわれることはなかった。彼は「空白」の上にあまりにも多くの世界を描きすぎたので、いまや空白の上に描かれた世界のみが彼の生きる現実世界となり、彼が彼なりに考えていた現実はますます彼から遠ざかっていった。ヴァン・ドーレンはこの空白を「心の洞窟」[44]と表現している。おそらくソファイア・ピーボディに宛てた手紙や、ロングフェロー、ブリッジに宛てた手紙、それに彼が後年になって、しばしばこのころのことに言及している多くの記録は、このようなプロセスの起こったことを示しているのである。

作品の中にたえず作者を反映させているような場合は、いわば自伝的なものを巻きこむので、作品はおのずと発展することになる。ホーソーンの作品にはピューリタニズムの影響が強いと言われているが、それがいつ、どのようにということになると必ずしも明快な答えが出ているわけではない。スコットの手法をアメリカに適応させる試みがなされたのだとしても、それがどの程度まで真実であり、ホーソーンがどの程度までそれに忠実になろうとしたかはわからない。したがって、つぎのように考えるのが穏当なのではないだろうか。ホーソーンはなるほどアメリカの遠い昔の中に作品の素材を求めたけれども、その素材に生き生きとした内容をあたえたのは、ほかならぬ彼の「陰鬱な部屋」と、あたかも墓掘人のように心の中をあばこうとしていった彼の意志とが交差するところに成立するなにかであったのだと。

ジェイムズの『ノートブックス』にたいする見方に反論したヴァン・ドーレンは、「原稿の中の悪魔」と「孤独な男の日記の断片」の主人公オベロンは、ホーソーンが手持の原稿をすべて燃やしてしまった一八三四年に生まれたものではないかと推定している。[45] 新しく発見された「ノート」の初めには一八三五年五月二十八日の日付が見えるが、『アメリカン・ノートブックス』の最初の日付は一八三五年六月十五日であり、新しい意識形態を反映させていると考えられる作品群を書いたと推定される一八三四年の翌年である。日付の数と記録の量とは必ずしも比例するわけではないけれども、一八三五年には七つの日付があり、一八三六年には日付は三つしかないが、すぐあとで作品に結実した多くのヒントが、一八三七年に記入されたと推定されるものも含めて書き記されている。一八三七年には十八の日付があり、一八三八年には二十四の日付があって、その多くは旅行先におけるスケッチである。そしてソファイア・ピーボディとの婚約が成立した翌年の一八三九年、すなわちボストン税関勤務がはじまってからは五つの日付があるだけで、[46] そのあとには三月六日付の手紙にはじまって、ソファイア・ピーボディへのラブレターが連綿とつづいていくのである。[47] すくなくとも一八四一年九月のブルック・ファームでつづったノートまでは記録が空白になっている。

ウッドベリーはホーソーンの感じた愛には「この世のものならぬなにか荘厳な感じ」[48] があったと言い、ヴァン・ドーレンは「これらのラブレターは彼の三年間の傑作だ」[49] と評価する。スチュアートは、それまでの暗い心が喜びにあふれる日の光に輝いているとして、これらのラブレターが敬愛に満ちた、想像力豊かで、ユーモアに富んでいると評すると同時に、人生ではじめて熱烈な恋を経験するホーソーンを認めている。[50] スターンズは、ノートが冷静で客観的なのにたいし「同じく冷静だが、きわめて主観的だった」[51] と評価し、ベイムは誠実さを見ると同時に、念入りに計算された不自然さを見て、ホーソーンが恋人であることを楽しんでいたと考え、二人の手紙の交信に遊びを読みとっている。[52] さらにベイムは、ホーソーンが親しい母親と姉妹から離れるために母親と姉妹の異常な隠遁者像を作り出したのではないかという想定のもとに、これらのラブレターに恋する者の策略と誇張を見ようとする。[53]

しかしラブレターが集中的に書かれた一八三九年三月から一八四二年六月までの期間は、ボストン税関勤務とブルック・ファームへの参加がふくまれているものの、子供たちのための読み物としての小冊子『おじいさんの椅子』『昔の有名な人びと』『自由の木』『子供たちのための伝記物語』を著わしたほかは、ほとんど作品を発表していない時期と重なっているのである。ラブレターがノートに取って代わったとは言えないが、少なくともなにかを求めてホーソーンはおよそ三年のあいだ一生懸命にノートを書きつづけていたことになる。もっともそれまでにも彼が日記をつけていたという可能性はあるし、すべてそれらは燃やされてしまったかもしれないという推定が成り立つことも忘れるわけにはいかないけれども。しかしまた「彼がのちに書いたテールズの多くが一八三五年およびそのあとの一、二年の『ノートブックス』の記録のなかに萌芽の形で見出される」というウッドベリーの観察も忘れるわけにはいかないのである。[54] 精神力を重視するホゥエルティェも、「ノート」書き出しの一八三五年を起点として思考の記録ばかりでなく事件の記録もこれまでより明確になっている、と指摘している。[55] このことに関連して、もうひとつ注目すべき現象がある。彼は一八三〇年代のいつころからか、作品にサブタイトルをつけるようになった。[56] これは彼が作品の影響力から抜け出ようとしていることを示す一つのあらわれであるかもしれないのである。すくなくとも作品を自分から引きはなすという効果はある。それにもう一つ。「スケッチ風の作品では所信はあまねくコントロールされており、頻繁に心に立ち現われる幻はほとんど消えて、ホーソーンの所信は光と闇のあいだでよくバランスを保っている」というワゴナーの指摘がある。[57]

年齢のことも考えてみなければならないだろう。一八三五年には彼はすでに三十歳になっていた。ボードン大学在学中に彼は学友ジョナサン・シリーと結婚にかんする賭けをしていた。一八三六年十一月十四日、すなわちホーソーンが三十三歳までは結婚はしないということに二人は賭けたのである。[58]はたしてこれがどんな心理反応をホーソーンに投げかけていたかはわからないが、作家として自立する見通しとはべつに、彼はこのころ自分の人生についてある考えをめぐらしていたのかもしれない。一八三四年前後から彼の作品にはもう一つの作品群が現われるようになる。はじめ「マーメイド」と題された「村のおじさん」や、「小さいアニーの散歩」「デイヴィッド・スウォン」に代表される作品がそれである。

意識が深化していくのを恐ろしくも、じっと見つめていたホーソーンが、他方ではジェイムズのいう「晴朗で快活な心」ばかりを表わすような明るい記録を多く残しているというのも、彼がおかれたデリケートな現実のなさしめるところであった。この期にノートに書きとどめられている清純で明るい女性たちの記録と、姉のエリザベスの証言もまた、このころのホーソーンの変化を如実に示している。とりわけ「記憶からのスケッチ」のなかのカーテン越しに聞こえてくる婦人の脱衣の音を聞きとる作者の耳と目がつたえる情欲は、当時のホーソーンの見る婦人たちが

「裸体のイヴ」であったことを表わしている。しかし、おそらく裸のイヴを求める心と冷気を感じる心とは表裏一体となっていたのである。したがって裸体のイヴを見るのも冷気を感じ取るのも同じ脈絡のうちに行なわれる。先に引用した「幻の出没する心」には、つぎのような文がつづいている。

> また枕に頭をのせて――これはそっと言わなければならないことなのだが――こんな夜の孤独のなかで自分の息よりも優しい息がもしも息づいていたら、自分の胸よりも優しい胸が、もしもそっと押し当てられるのだったら、自分の胸よりも清らかな胸の鼓動がもしも静かに鳴っていて、まるでこの優しい眠り手が、彼女の夢の中に自分を引きずりこんでいるかのように、悩める自分の胸に安らぎをあたえてくれるのだったら、どんなにいいことだろうなあと考えてしまうのだ。
>
> 彼女はその瞬間の映像の中にしか現われないのだが、それでも彼女の影響力は全身をおおう。[59]

怠惰な自己を感じることと世間から取り残されていると感じることとは同じことを意味しているわけではないのだが、いずれもがきわめて受動的で不活発な状態を感じ取っていることでは共通している。しかし、そうしたことを感じ取ることができる精神そのものは受動的で不活発であるはずがない。ホーソーンが描く多くの悪の背後にあるものは、受動的で不活発な状態を強度に感じ取ることのできる細胞からできている一種の「空白」[60]であったにちがいないのである。この空白が彼の作品を逆に色鮮やかにし、イメージに対照的な効果をあたえているのである。これはまた自己を意識し、反省し、つねに自己から逃れようとしていながら逃れることのできない主体をつつみこんでしまうほど大きな空間かもしれないのである。[61]彼はあきらかにその空白に異性をおいたにちがいない。しかしこの空白は文字どおりの空白であり、たとえそこに異性を反映させたところで、それはたんなる絵に描いた餅にすぎない。絵に描いた餅であろうとも、消えることがなければ、それはそれなりの作用をするだろう。美しい裸像は空白の中で踊ったり跳ねたり笑ったりしている。彼はその裸像を空白から追い出すことはできないだろう。

彼はおそらくこの裸像をもっていくつかの作品を書いたのである。しかしまた、その踊る裸像が受動的で不活発な状態を強度に感じ取ることができる細胞から成り立っている空白に描かれたものであってみれば、文字に書き換えられたそうした裸像はふたたび作者の中に逆流し、作者になにごとかを働きかけるだろう。作品の中ですべてが完結するということは恐ろしいことである。その恐ろしさは、つぎにはこれまでの彼の戦場であり最後の砦であった空白そのものを破壊しかねないだろう。これもまた一つの自壊作用として始まるだろう。なぜなら、ここでもまた空白は彼の心そのものであり、自画像の生まれてくるところであり、自画像が質的変化を起こしてある意識形態に変わるものなのであるから、目のまえに踊る裸像が現実に生きる肉体としての裸像でないかぎり、意識はただ生とは反対のもの、死と等価なもの、生きながら墓の中にあって、しだいに冷たくなっていくのを待っているものに変化していくしかないであろうからである。

ゲーテは悲しみを詩に書くことによってその悲しみを克服することができたが、ホーソーンの場合は逆に彼が悲しい記憶を作品に書くとその記憶はそれだけいっそう彼とともに住むようになったのだ、とコンウェイは言う。[62]

日の光が死者の魂にあたらないと同じように、ぼくにもあたらなかった。ときには、町の人はぼくの姿が人目をさけて薄暗い夕闇に消えていくのを見たかもしれない——ただそれだけだった。ぼくはただ夜の影でしかなかった。ぼくに現実感をあたえて、すべての物事をぼくに現実的にしてくれるのはきみです。もしも、この孤独な古い部屋をでた短いあいだに、現実感と意味を生命にあたえてくれる女性を見つけていなかったら（そして、きみが唯一可能な女性だった）、すべては夢で見せかけだと感じて、ぼくはすでにここに戻っていたことでしょう。（一八四一年九月三日付、セイレムで書いたソファイアへの手紙）[63]

結婚を考えていたらしいホーソーンの胸中にふれて、モリスは「性のフラストレーション」が大きくはたらいて、失望感に病的で狂乱的とも思える表現をあたえたにちがいないと分析する。[64]フェアバンクスは「女性に上品ぶることなく健康な動物的関心をしめす」[65]ホーソーンを見ている。クルーズのように、フロイト理論を援用して現実逃避者としてのホーソーンに徹底して「性の脅迫観念、」「性の不安」「近親相姦の妄想」[66]を見る立場もある。

作品と作者の関係に信頼をおいて、ある時期に随所に記録した「陰鬱な部屋」を推察すれば、二つのことが言えると思う。その一つは、陰鬱な部屋に代表される孤立時代というのは初めから終わりまで一様にあったのではなくて、おそらく前半と後半では大きく違ったものであっただろうということである。その分かれ目を仮に一八三四年においたとしても、じつはもっと前におくべきかもしれないし、考証の内容によっては多少の異同はあるだろう。ワゴナーはホーソーンの過去の扱い方が一八三一年ころに変化したことを示唆している。[67]ブリッジがホーソーンの意に応じて当時の手紙を焼いてしまったのを残念に思わない人はいないはずだが、[68]それを恨みがましく思うあまりに数字や年代にこだわる必要はない。とにかく一八三四年前後に内部体験のひとつのピークがあったと考えられ、それからのちの短編集の刊行とソファイアとの出会いに至るまでのあいだに、ゆるやかな、しかし依然として過去からの危機を引きずったままの体験の進行があったのではないかと推定できるのである。モリスによれば、ブリッジの返信を考慮すると一八三六年からその翌年にかけて、このピークがあったらしいとされている。[69] マーティンもまたブリッジの手紙の内容から推定して、この一八三六年に焦点をあて、ホーソーンはこのころ作品を書く気をなくしていたと考えている。[70]

確実に言える第二は、この期における内部体験の強烈さは幸か不幸かホーソーンののちの作品のほとんどあらゆる素材と手法をすでに用意してしまったということである。素材の広がりとき め細かさは、もちろんその後にも付け加わるが、彼の意志と感情とはべつに象徴と寓意に生涯ずっと拘泥してしまったことでもわかるように、ホーソーンはこの時期の体験の呪縛から生涯のがれることはできなかった。いや、そういう言い方は正確ではないかもしれない。初めの短編集だけがホーソーンの文学のすべてではないのだから、むしろ彼はすでにこの時期に、彼自身はそれとは知らずに彼の文学を確立したと言うべきなのかもしれない。われわれ後世の人間はすでに彼の生涯を知っているし、彼が後世につたえた文学の遺産を知っている。将来の自己を予見することはあったかもしれないとしても、自分の文学の全貌をホーソーンはまだ知らなかった。したがって彼の孤立時代の、それもとりわけ「陰鬱な部屋」での体験が偉大であったかどうかということになると、問題はまたまったく違ってくるであろう。「陰鬱な部屋」の中に偉大なホーソーンを見るよりも、同じその陰鬱な部屋が強烈な自意識の支配する工房となっていて、その中に無名の悩める孤独をながくホーソーンを見たほうが、はるかにわれわれには親しみがわく。エマソンが言ったように、ホーソーンは読者をあまりにもしばしば彼の書斎にまねき、あたかも菓子屋がお客にむかって、さあケーキを作りましょうと言うように創作のプロセスを開いて見せるのである。[71] そして、研究者もまた熱心な一人の読者であることに変わりはない。

一八三七年の『トワイス・トールド・テールズ』に「おそらく、もっとも重要な書評」[72] を書いたロングフェローは、ホーソーンの工房とそこから生まれた作品の特徴を見ぬいていた。

どのページからも、ときには心地よい笑みをもって、ときにはその顔つきに悲しみの陰を忍ばせて、穏やかな思慮深い顔が読者を見つめているようにみえる。その顔は、しばしばではないけれども、ときには、ふしぎな痛々しい表情でもって荒々しく読者をにらみつける。[73]

ロングフェローはすでにホーソーンから「陰鬱な部屋」での苦境を知らされていたし、読者を「にらみつける」作者が、いわば自己を懐柔するためにスケッチ風の作品を工夫した意味も知っていたのである。

第7章　素材の呪縛

「巨大な紅水晶」「鑿で彫る」「大望を抱く客」「リリーの探求」

かつて「水晶の山々」と呼ばれたニューハンプシャー州の「白い山脈」をホーソーンが訪れたのは一八三二年九月のことで、そのときに宿の主人クローフォードから聞いたインディアンの伝説[1]をもとにして書いた「巨大な紅水晶」という短編を読むと、光ないし明るさを示す多くの語が用いられていることに気づく。光そのものは単純であると思いがちであるが、じっさいにこの作品に当たってみると、言葉として表現されるその多様性におどろく。[2]

宝物に目がくらんだ人間が盲目同然になって未開の地を探しまわり、不幸な結果をまねくという教訓をふくんでいるこの作品に光が多く現われるのはアイロニーであるが、これはまた陰気な闇のアイロニーでもあって、ホーソーンの作品に暗いものを見ようとする人は、日の光、ランプの明かり、暖炉の火などが、この作品にかぎらず、いわば副次的に重要な意味をもって使われていることに気づくことになる。人は光と闇の絶対値を知ることはできないが、この二つが並ぶことによって両者の違いをうかがい知ることができる。また両者が混在する薄明かりのなかに安住の地を求めることも許されるかもしれない。

読んでいる自分を魅了する真の力が「暗黒」a blackness にありとして、ホーソーンの第二短編集『古い牧師館の苔』の書評を書いたのはハーマン・メルヴィルだった。メルヴィルはこの力を「彼のなかの大いなる暗黒の力」であるという。『緋文字』を出版したホーソーンと、やがて『白鯨』をホーソーンに献じることになるメルヴィルとが交遊をはじめる前後のことで、ここにこの二人の作家の魔術的な邂逅を読み取ることもできるのだが、それだけにこの「暗黒」というのがあまりにも徹底した表現でありすぎて、すべて読者に解釈が任されたままであることも事実である。メルヴィルはこの「暗黒」を示すものとして、わずかに「日光」sunlight、または「一条の彼の光」a ray of his light という表現をつかっている。しかし同時にまた、この「暗黒」は調べてわかるようなものではないし、直観でしかとらえることができないということも示唆している。[3] 精神の深奥に隠れていて、ことによると当の精神の持ち主でさえ知悉していないかもしれないような偉大さを知るとなれば、たしかにそのとおりかもしれないのである。さいわいなことにメルヴィルの書評は『古い牧師館の苔』にかぎられていた。

いったいメルヴィルのいう「彼の光」とはなんだろうか。これに答えるには、いちどホーソーンの作品の中から光を醸成している要素を取り出してみるのも一つの方法ではないだろうか。これまでこの種の問題になると暗さのほうに関心が集まり、ゴシック小説の影響とかピューリタンの暗さが反映しているといったものに主題が移行してしまう傾向にあった。たしかに荒野に植民地を築いたニューイングランドのピューリタンには暗い影があっただろうし、メルヴィルもまた控えめながら同じところで「かすかなピューリタンの暗さ」a touch of Puritan gloom と表現しないわけにはいかなかった。ピューリタンの世界観がゴシック小説の妖怪性に富み、死の神と美女の共存する中世的世界観に近かったこと、ピューリタンの宇宙観が恐ろしい神を近くに感じる旧約的な世界であったことなどを考えると、ニューイングランドの過去に作品の材料を求めなければならなかったホーソーンの作品の中にピューリタンと同質のものを見るのは当然のことと考えられる。しかしピューリタン、とりわけニューイングランドのピューリタンの神学および彼らそのものの実態が、クエーカー教徒にたいして示されたように、時と場合によって異なったという事実が、ことをやや複雑にする。[4]「暗黒」を闇と同じく見て、作者と作品の後景に宇宙を光と闇の闘争から生まれたとするマニ教をおくことだってできるのである。[5]

「ピューリタンの暗さ」に劣らず重要で、また研究家にとって魅惑的とも思えるのは、ホーソーンが「孤立の歳月」をおくった「陰鬱な部屋」で、どのように素材を集めていたかということである。第一短編集『トワイス・トールド・テールズ』を出版し、ようやく重い腰を上げようとしていたホーソーンは、一八三七年六月四日付のロングフェローに宛てた手紙の中で、「ぼくには素材の不足という点で、べつの大きな悩みがあるのです」[6]と訴えて、書くための材料が足りないことを告白している。これにつづいて彼は、自分が世間を知らないこと、自分の過去の世界が幻に満ちていたことなどをつづっている。すでに見たように「陰鬱な部屋」は同時に「幻の出没する世界」であったことが理解できるのである。

「きみと知り合うまでの過ぎた日に、いつも座っていた古いおなじみの自分の部屋に、きみの夫はいま座っている」という書き出しで始まる一八四〇年十月四日付の手紙で、ホーソーンは婚約中のソファイア・ピーボディに、つぎのように説明している。

ぼくはここで多くの物語を書いてきた――多くは燃やして灰にしてしまい、多くはあきらかに同じ運命をたどるにふさわしいものだった。この部屋は幻の出没する部屋と呼ぶにふさわしいのです。なぜなら数えきれないほどの幻が、この部屋でぼくに現われたのです。……そして、ときどきぼくは、すでに墓に入ってしまい、あとはただ冷たくなっていき、感覚が失せていくだけであるように思ったのです。[7]

これは同じ年の三月十五日にソファイアに宛てた手紙の中にある「ぼくが世の中で独りであったときにいつも感じていた大きな氷の塊に似た重苦しさ」[8]にも通じ、さきに引用したロングフェローに宛てた手紙の中の、つぎのような発言とも一致する。

ぼくのことをふくろうの巣に住んでいる者と描いてもらえれば、もっと真実に近かったものと思います。なぜなら、ぼくの住まいは陰鬱で、ちょうどふくろうのように、ぼくは暗くなるまではほとんど外に出ませんから。……ぼくは自分を囚人にし、土牢に入れたのです。……ここ十年間というもの、ぼくは生きていたのではなくて、ただ生きることについて夢を見ていたのです。[9]

さらにそのまえの一八三七年五月二十四日付でブリッジがホーソーンに宛てた手紙の中には、ホーソーンが「芝土の下にいる［埋葬されているという意味にもなる］」と発言したらしいことが示唆されている。[10]

これらはいずれも手紙による交信であるが、エッセイ風の作品「幻の出没する心」のなかでも、作者は似たような心情を読者に語りかける。「どんな人の心の底にも墓と土牢がある」[11]と。

ソファイアとの結婚で幸福な生活をおくったあとに、なかば追い立てられるようにして「古い牧師館」を去ったあとに、わずかなあいだとはいえ「陰鬱な部屋」にもどったホーソーンは、一八四五年十月十日付の出版人ダイキンクに宛てた手紙の中で、体に染みついたような感情を吐露している。

それでわたしは、炉辺で燃えた炎のほかには、その大半が光を見ることのなかった意味のない物語を夜昼の夢から作り上げながら、よき青春の歳月をむだに過ごした昔の汚れた薄暗い部屋にもどっているのです。[12]

このようにホーソーンが孤独に創作をつづけたセイレムの部屋というのがどのようなものであったかを、ある程度は想定できるのだが、ここにきて一つの疑問がわいてくる。彼を悩ます幻と土に埋められた感覚とはどのように結びつくのだろうか、と。なぜなら幻というのが想像力の所産であるならば、創作をつづけるときに豊かなファンタジーの世界を作りあげる材料ともなるわけで、けっして嘆かわしいものではないはずなのに、彼はあきらかに幻に取り囲まれているのをきらい、しかも書く材料に不足していることを訴えているからである。

ぼくには素材の不足という別の大きな問題があります。あまり世間をみてこなかったので、薄い空気を混ぜ合わせて物語を作るしかないのです。そういう実体のない材料に生き生きとした外観をあたえるのは容易ではありません。[13]（一八三七年六月四日付のロングフェローに宛てた手紙）

素材の不足については、ジェイムズが後年になって、これを評伝のなかで取りあげた。ジェイムズは『変身』、すなわちアメリカでは『大理石の牧羊神』として出版された長編の「まえがき」にあるホーソーンの言葉を引用したあとで、ホーソーンが生きた時代のアメリカの生活になかったものを、おびただしいほど並べ立てた。ジェイムズの並べる項目は国王あり、貴族あり、オックスフォードあり、アスコットありと、ヨーロッパ、とくにイギリスやフランスの伝統ないし文化をつたえるもので、まさにジェイムズ自身が小説の舞台とした社会の背景をなすものばかりなのだが、そのジェイムズが数ページまえのところで、素材にかんして重要な意味をもつホーソーンの一面を指摘している。すなわちジェイムズは、「夜の点描」という作品とセイレムというわびしい片田舎を思わせるニューイングランドの町を頭に描きながら、「ホーソーンは小さな事柄を執拗に観察した人で、彼はまったく些細な出来事に空想の場をみつけた」[14]と書いているのである。

『アメリカン・ノートブックス』のなかにジェイムズの指摘していることを実証しているよう

な興味ぶかい一節がある。一八四四年七月二十七日に、彼はコンコードのスリーピー・ホロー墓地の一角に座っている。

また、森の木々と同じように土手に生えている苔が見える。そして、われわれが少しずつ目のまえにあるものに気づく様子はなんと奇妙なことだろう。わたしの手の届くところに、いま実際に熟して黒くなってコケモモが生えているのに、このときまでは目に見えなかった。もしわれわれが一日中、一週間、一カ月、あるいは一生ここに座っているとしても、物事はこんなふうに新しいものとして現われてくるのだろう。もっとも、なぜわれわれが物事のすべてを最初に見つけなかったかという理由はないように思われるけれども。[15]

じつはジェイムズは先に引用した指摘のすぐあとのところで、『ノートブックス』のことに触れて、「綿密で、しばしば取るに足りないような記録」minute and often trivial chronicle と評し、このような記録が書かれるに至った理由がわからないと疑義をはさんでいるのだが、綿密であることと取るに足りないこととは必ずしも一致しない。取るに足りないような記録でも、じっと見つめることによって記録されている以上のことが見えてくる場合もありうる。時代は逆行するけれども、ホーソーンはジェイムズにそう語りかけることだってできたかもしれないのである。ジエイムズの書いたような小説に必要な伝統的、文化的な社会はアメリカにはなかったかもしれないが、植民地時代の歴史があった。かつては貴族もいたのである。ピューリタンがいたし、クエーカーがいた。独立革命もあった。リアリズム小説の土壌をつちかうヨーロッパ的伝統と同質ではないにしても、書くものがないわけではなかった。文化の中心がヨーロッパにあって求心性は大西洋の向こうにあったという文化価値の流通の問題はあるけれども、現在の視点からすると、ちょうどジェイムズがアメリカ社会のおかれていた状況の負の部分として、あれもないこれもないと並べたのとは逆に、当時のアメリカ社会にはこれもあったあれもあったと言えるような気がするのである。もちろんこれは歴史を見たときの結果論である。しかし、ジェイムズが期せずして提起した問題は、ホーソーンの工房における想像を考えるにあたって、いわば創造の核心に触れるようなことかもしれないのである。まさしく「経験が乏しいために物語の材料を探して彼はやむなく読書と想像に頼った」[16] のだとワゴナーは考察している。

墓地にすわって苔を見つめていた。そこには森や林があった。そこにミニアチュアの世界が現われた。こんなふうにホーソーンの創作の素材の成立を考えることもできるかもしれないのである。

新しい植民地の建設者たちはまず初めに墓地と牢獄を作ることを考えなければならなかった、とホーソーンは『緋文字』第一章の冒頭に書いている。建物としての牢獄は植民地の発展とともに取り壊されることになるが、墓地は残る。ニューイングランド地方の古い墓地はふつう埋葬地(burying ground)という粗野でありながら、また生々しさも感じさせる言葉で呼ばれ、古ければ古いほど町の中心に近いところや、見晴らしのいい小高い丘の上にある。プリマスでもセイレムでも、ボストンでもコンコードでもそうである。やがて人口が増えるにしたがって、さらに広い墓地が町の郊外に作られるようになるのだが、古い墓地はそのまま町の中心に君臨している。しかもこうした古い墓地は、その特殊な環境と墓石に刻まれた文字と像によって、生ける子孫に魔術的に語りかける。それは荒野に取り囲まれた古い村落や町のなかで、優に一つの「環境」をつくっているように思われるのである。

『トワイス・トールド・テールズ』のなかの「鑿で彫る」という作品に、つぎのようななにげない表現がある。

百年かそれ以上も昔のより古い墓石は、丹念に花で縁取ってあり、髑髏と交差した二本の骨と、大鎌と砂時計、そのほか、いたましい死を象徴するものがいっぱい飾られていて、哀悼者の心を天に向けるようにと、それらのあいだに翼をつけた天使の像が彫られてあった。[17]

この作品は一八三〇年に旅したマーサズ・ヴィンヤード島が舞台になっており、主人公は島に移り住んで墓石を彫ることを商売にしている人の仕事場をおとずれて、墓を注文する人と死者との関係や、墓石に刻まれる文字や像などについて、ときどきこの彫刻家と雑談を交えたことを知らせながら、あまり屈託のない様子で、つまびらかに観察している。主人公は墓石を飾りたがる人間をつめたく突きはなす気持を表明しながら、同時に当惑もしている。しかも舞台はあくまでも特定の島であって、この地を去ってしまえば、すべて忘れてしまいそうな印象を読者にあたえている。ところがここにホーソーンが言う「墓石」というのは、この島にのみ存在するのではなくて、ボストンを中心にして、いくつもあるという事実がある。

展示物の多いボストン美術館の地味な一角に、一連の墓石を写した写真が展示されている。そのなかにとくに人の目を引きつける一枚がある。そこには一つの人体の骨と、背に羽をつけた人の姿が踊っている。いや踊っていると思えるほど滑稽に見えるのである。説明文をよむと、生命の火を消そうとしている死の神の腕を天使がつかまえて止めようとしている姿であるとなっている。これは平べったい石板でできた墓石の上方のティンパナムと呼ばれる半円形にかたどられた部分に刻まれているもので、これと似た様式のもの、すなわち死の神と天使のこぜりあいを刻んだ墓石は、ニューイングランドの古い埋葬地にかなりあるらしい。現にボストンでもっとも古い墓地であるキングズ・チャペル埋葬地にいけば、ほぼ同じモチーフを刻んだ墓石をいくつか探し出すことができる。

死の神と天使の姿はみな似ている。骸骨である死の神は片手に鎖鎌を持っている。背に羽をつけた天使は長い顎鬚をたらした古老、すなわち時の神（Father Time）である。死の神が生命の火に傘かコップ状の覆いをかぶせようとしていることも同じである。漫画とイラストに慣れている現代人にとって、こうした彫刻は一見すると明るいユーモアに見えないこともないが、ことはそう単純ではない。なぜならこれは当然のことながら、当時の人びとの抱いていた世界観に関係しているからである。とくに言われるのはピューリタンの世界観、あるいは宇宙観である。

これらの像が刻まれた時期と場所はかなり限られているし、特定の彫刻家の名前も知られている。したがって、これら一連の彫刻はそれぞれの彫刻家の個性の反映と考えることもできないわけではないらしい。しかし、植民地の時代の初めのころは墓石を彫ることを専門にしていた人がいたわけではなくて、その大半は通常の建設業に従事しながら片手間に彫ったらしく、墓石の入手のことと関連して、死者の亡くなった日からはるかに経ってから墓石が刻まれたという考証もある。[18] むしろ重要なことは、こうした墓石の像がピューリタンの世界観と関連していると言いうるとしても、公式のものとか公認されたものではなかったことである。ニューイングランドではずっと時代が下るまで、教会と墓地は区別して考えられ、墓地に関する権限は民間の手にゆだねられていた。[19]

教会の権威に支配されなかったかわりに、時代によって変わる人びとの心情を反映したと考えられる別の事実がある。古い墓石のなかで目立つのは、ちょうど海賊の旗にあるような頭蓋骨とその下に二本の骨を交差させた彫刻で、これは死を悼む弱い人間の目からすると残酷でグロテスクで、むごたらしくも見える。頭蓋骨のよこに、あたかも鳥の羽の骨を取りつけたかのようにしたものもある。これは頭蓋骨が死者を捕まえて猛禽のようにうずくまっているようにも見える。ところがこの頭蓋骨に羽をつけた像はしだいに優しい姿に変わり、ついには骸骨は女性を思わせるような頭髪のある顔になり、羽の骨をかたどったと思われたわびしい像は天使の像に変わっていくのである。これがどの程度に一貫性をもっていたのかはわからない。なぜなら、一七〇〇年代と一八〇〇年代に至っても頭蓋骨は刻まれているし、鎖鎌を持った独立した死の神もまた刻まれているからである。しかし概していえば、頭蓋骨と二本の骨を組み合わせた素っ気ない像は植民地時代の初期に集中し、時代が下るにつれて優しい像が多くなったということはほぼ確実である。

刻まれた文字についても似たような変化を見ることができる。たとえばプリマスの墓石の例をとると、一七〇〇年代の中ごろまでは、「ここに……が埋葬されている」Here lyes［lies］buried …とか、「ここに……の死骸が横たわる」Here lyes［lies］the body of… といった表現が圧倒的に多い。やがて、「……を思い出すために」In memory of… とか、「……の霊に捧ぐ」To the memory of … とかが、これに取って代わるようになり、一八〇〇年代になると、「……のために建立」Erected in memory of［to the memory of］... という表現が混入するようになる。[20] すなわち、この赤裸々な表現から、より抽象的な表現へと変化していく過程は、髑髏の像から天使の像へと変化していく過程と平行しているのである。

鎖鎌を持った死の神の像もふくめて、髑髏から天使の像へと移っていく過程には一つの動きがあって、このこと自体が興味ぶかいテーマになるのだが、ドラマとまでは言えないにしても「動き」をしめし、想像力を刺激してやまない広大な世界を示唆する像が、ニューイングランドの古い墓地に散らばって存在しているということが重要である。これらの像は、ことの真偽はべつとして、通常なら目に見えない世界を明確に目に見えるように表わしているのである。ここから生まれる観念や概念は、説教をつうじて聖職者から教えられるものとは異なった新しい力をあたえられることになる。

当時の人間、つまり石工がなぜ髑髏を刻んだのか、なぜ「電球型」と呼ばれる骨の翼をつけた頭蓋骨（"light-bulb" winged skull）[21] を刻んだのかについては、いまでも十分に説明がついていないらしい。しかし、死というものの生々しさを伝える効果はあったはずで、こうした像とともに刻まれる碑銘が、この効果をいっそう高めた。すなわち古い墓石に刻まれた文字は生ける者の悲しみでも哀悼でもなくて、死者のがわから生者にむけて発せられる言葉だったのである。

見知らぬ人よ、立ちどまって、こちらを見よ。
おまえが今あるように、わたしもかつてはあった。
わたしが今あるように、おまえもいまになる。
死の準備をして、わたしのあとについておいで。
Stranger, stop and cast an eye,
As you are now, so once was I,
As I am now, so you shall be,
Prepare foe death and follow me.[22]

墓は死者をとむらう生者のためにあるのではなくて、死者が主宰している。死者はこうした呼びかけとともに「生きている」。通常はもっとも見えにくいものが髑髏という赤裸々な姿でものを言うとき、死は生とともに人間にとってもっとも普遍的なものであると認識することによって、あなどることのできない一つの現実に変わってしまうのである。

時のあるあいだに時をつかめ、
時をつかみ、時を使え、

時を失って、むだに費やした日を、
嘆くことのないようにするために。
Seize the moments while they stay,
Lest you lose them,
And lament the wasted days.[23]

雲をつかむような未来に不安を感じながら「陰鬱な部屋」で創作をつづけていたホーソーンが、夕方の散歩の途中でそっと墓地に入りこんだということは十分に考えられることである。彼と墓石との出合いが具体的にいつ、どのような形で行なわれたかについては、これを一度かぎりの出来事として考えるよりは、かの「陰鬱な部屋」の体験と切りはなせない経過があったと考えるほうが、より真実に近いように思われるのである。しかも体験としての墓が彼の脳裡に入りこみ、彼を呪縛するようになったのはかなり早い時期だったのではないだろうか。これが虚構性をもって頂点に達するのが『緋文字』の結末のヘスター・プリンの墓標であるが、読者は緋文字Aの象徴する余韻と運命の重苦しさに気をとられて、墓石そのものの重要性は忘れてしまいがちである。読者はこれを一過性のものと考えて、女主人公の運命にのみ興味を引かれてしまいがちなのだが、ホーソーンの頭のなかでは、キングズ・チャペルのよこの古い埋葬地からヘスター・プリンなる人物を引きだし、作品の終わりとともに、この女主人公をふたたび元の墓地に帰すにすぎないという構想だったかもしれないのである。すなわち、ホーソーンはここに至るまで墓または墓石に関して長いこと思いをはせ、たんに死者に対してだけではなくて、墓標または記念碑といったものについて彼特有の心情をつちかったように思われるのである。

『アメリカン・ノートブックス』には、死（death）、死体（corpse, the dead, the dead body）、骨（bone, skull, skeleton）、埋葬された（buried）、葬式（funeral）、棺（coffin）、墓（tomb, tombstone, grave, gravestone）、墓地（burial-ground, sepulcher, grave-yard）といった語が頻出し、さらにこれに病気（disease）、死ぬ（die）、といった類語をくわえると、おびただしい数に達する。さらに注目すべきなのは、こうした暗いイメージをしめす語と相対的に明るさをしめす語、たとえば光（light）、明るい（bright）、日の光（sunshine）などが多く見られ、類語の範囲は「巨大な紅水晶」で用いられているものにほぼ一致する。

一八三五年九月八日のころに、イプスウィッチで墓地に立ち寄ったときのことが記録されている。何人かの石工が墓を建てていることと、古い墓石に刻まれている像のことなどがさりげなく描かれている。[24] ところが、このあとにつづく創作のヒントとして記したらしいメモの中に、キングズ・チャペルのこと、砂時計、死体、死者、墓地、葬式、ランプ、ゆらめく明かり、天使、棺といった語が、さまざまな発想を示しながら、わずか五頁のあいだに並んでいるのである。短い着想を書き記してあるだけで、日付が必ずしも書いた日を示しているとはかぎらないらしい一八三五年十月十七日と十月二十五日、一八三六年八月三十一日、同年九月、また十月二十五日のメモにも日光、埋葬、輝き、太陽、火、明るい、病気、死、葬式、墓石、たいまつ、魔法のランタン、光、墓、かがり火といった語が書き連ねられていて、当時のホーソーンの頭の中にどのような想念が飛び交っていたかを推測できそうである。こうした文字の記されているメモの中に一八三六年十月二十五日の「名声が獲得された」という一文がある。[25]

陰気なものを代表する墓、埋葬といった言葉と、明るさを代表する火、日光といった言葉が渾然として使われているという点では、親友ブリッジに招かれて出かけたメイン州オーガスタの旅の記録と、マサチューセッツ州の西の町ピッツフィールドを経由して北上し、バークシャー地方の風物を楽しみ、ノース・アダムズに長く逗留したときの記録もおなじである。一八三七年七月二十日、彼は客となった部屋の壁の飾りに墓と、死を嘆き悲しむ人びとの姿をみる。翌月の十三日には、半年後に決闘で死ぬことになる友人のジョナサン・シリーとともにヘンリー・ノックス将軍の旧邸宅と墓地をおとずれる。一年後の一八三八年七月二十七日の記録には、ピッツフィールドの墓地をおとずれたことがつづられている。それから数日後の七月三十一日にはノース・アダムズのナチュラル・ブリッジ、すなわちストーン・ブリッジともいい、長年の水の流れが大理石を深く刻んで自然のアーチをつくっている場所をおとずれて、そこにある石切り場を見たあと、墓石のことに触れ、白く切り出されたたくさんの墓石が店先にあるのを目撃したことを記している。翌月の十一日、子供の葬式に参列。埋葬の習慣を記録。二週間後の八月二十六日、また子供の葬式をみる。彼は埋葬の様子をこまかく観察している。五日後の三十一日にも彼は墓地のことをつづり、九月七日と九月九日にも墓地のことを記録することを忘れない。とりわけ九月七日の月明かりの下の散歩では、道の近くで燃えている石灰を焼く窯をみつける。月の明かりと燃える炎と、ゆらめく光のなかに、とつぜん墓石が浮かびあがる。こうして、おびただしい数の墓または墓石にかんする記録をとったあと、九月十一日にノース・アダムズをあとにするのである。

この旅に出るまえの一八三八年七月四日の記録に、セイレムのチャーター通りにある墓地（the Old Burying Point）のことと自分の先祖の墓のことがつづられている。これにつづく七月十日の記録は夜釣りの旅をつづったものであるが、海岸に燃える火と月の明かりと、灯台の灯火と星の輝きとが一つの光景のなかで光の輪舞を展開し、やがて明けてくる昼の明るさとともに、光と闇の入り混じった一種の濃厚な色彩の飛び交う情景をくりひろげる。

一八三九年二月十五日には、埋められた人間の骨がセイレムの町で見つかった話を人から聞いたことが記録されている。一八四一年十月十八日の記録では、明るい日の光をたっぷりと見たあとに、きゅうに墓地が出てくる。彼はそこに墓を掘っている男を見るのである。

　婚約時代をつうじて書かれたソファイア・ピーボディに宛てた手紙と友人に宛てた手紙の中で、ホーソーンが自己の中にある冷たいもの、暗いもの、陰鬱なものを感じていることを訴えたことはすでに述べた。メモであり、創作ノートであり、日記でもあった『アメリカン・ノートブックス』には、暗いものと明るいものが渾然と並び、とくに墓に言及する記録が多かったことは、いま見てきたとおりである。

　ホーソーンは長編を書くようになるまえに二つの短編集を世に送った。この二つの作品集に収められた短編の大半が書かれた時代は、いままで見てきた手紙とノートの書かれた時代とほぼ平行している。したがって、これら二つの作品集に墓の言及が多いことは容易にうなずける。しかもその言及というのが、たとえば「牧師の黒いヴェイル」「優しい少年」「老嬢エスター・ダッドリー」「ヤング・グッドマン・ブラウン」「Pの文通」などのように、終わりに簡単に触れるにすぎないものから、先に挙げた「鑿で彫る」や「リリーの探求」、「ロジャー・マルヴィンの埋葬」などのように墓、あるいは埋葬そのものがテーマになっている場合と、「結婚式に鳴る弔いの鐘」「クリスマスの宴」「墓と妖怪」などのように、墓地を舞台にし、あるいは墓地から人の世を見つめている場合などさまざまで、おなじく墓に触れるにしても、個々の作品により多様な色彩をおびる。作者ホーソーンが墓に言及するときに、墓は陰気な印象をあたえはするけれども、かならずしも『緋文字』の結末のように象徴的に映らない。墓についての言及が内容的にさまざまであるために、とってつけたように言及されるならば気づくはずの墓への言及にすら気がつかないで終わってしまうこともありうる。これはおそらく読者が墓や埋葬という概念を、たいていは死という観念で受け止めてしまうからで、死の観念の向こうにあるもの、すなわち墓地という具象性のある物体を見ることを無意識のうちに拒むからかもしれない。作者ホーソーンは読者にそれ以上のことを知らせようとする。彼は読者に墓に入るとはどういうことかを思い知らせようとする。

「大望を抱く客」のなかで、墓場に入るときのために衣装をそろえているという老婆の話を聞いて、一夜の客である青年はつぎのようにつぶやく。

「年をとっても若くても、ぼくたちはみんな墓のことと記念碑のことを夢見ているんだ。……船が沈もうとしていて、だれにも知られず、人より目立つこともなく、広い海の中――あの広大な名もない墓場に、まとめて埋められようとしているとき、船乗りたちは、いったいどんなふうに感じるのかなあ」[26]

海の底の墓場を夢想する青年は、やがてこの泊まろうとしていた宿屋の家族とともに土砂の下に埋もれてしまうのだが、墓の中を見ようとする精神は、ただ土に埋もれるだけでは満足しない。土の下には人間の骨が残っていることを忘れることができないのである。墓と同じように「骨」bonesが頻出するのはそのためである。「エンディコットと赤い十字の国旗」の最後の場面にある「この厳格なピューリタンの骨」、[27]「火を拝する」のなかの「彼らの白くなった骨」、[28]「天国鉄道」の「虐殺された巡礼者たちの骨」、[29]「クリスマスの宴」になんども出てくる「骸骨」skeleton、[30]「ロジャー・マルヴィンの埋葬」のなかでルービン・ボーンを苦しめるマルヴィンの骨[31]などがその例である。核爆発を想像することもできる「この世の大焼却」では「大かがり火」bonfireが同時に「火葬の薪の山」funeral-pile[32]であることを示している。

人体の骨が逆に人間の性格をおびるというのが「フェザートップ」で、魔女であるマザー・リグビーがフェザートップの近づいてくる足音を聞いて「あれはだれの足音だろう。さてどこの墓から出てきた骸骨だろう」[33]といぶかるのは、骨が墓地と密接につながっていることを暗示している。

骨は墓の下に埋められている単なる死骸であるのではなくて、墓石に刻まれた髑髏、または頭蓋骨とつながっている。すなわち、それは生ける人間に、なにも働きかけることのない土の下の骨ではなくて、「クリスマスの宴」に見るように「頭蓋骨の物に動じない笑い」the imperturbable grin of a death's head[34]をともなっている。ちょうどハロウィーンに飾るかぼちゃ提灯のように空虚であるはずなのに、現世とはちがった世界からメッセージを送っていることになる。
「ぼくの親戚、モリヌー少佐」では、月の明かりのもとにボストンとおぼしき町を歩くロビン青年に気味のわるい老人がつきまとう。モリヌー少佐を頼って田舎から出てきた青年に、この老人はそれが間違いであることを告げようとする。老人はきまって陰気な咳ばらいを二回（his two sepulchral hems）[35]する。モリヌー氏の所在を聞く若者ロビンにむかって怒りをぶちまける老人は、冷たい墓が人の姿になって立ち現われたものと考えられる。[36]
ロビンの歩く町の描写には月明かりだけではなくて、ランタン、光、昼の光、ランプ、たいまつ、火といった光を発する語がつづき、[37]やがて咳ばらいと笑いが入り混じった老人の声が響きわたる。これに追いうちをかけるように老人は「墓石に刻まれた滑稽な碑銘に似た……発作的な笑い」[38]を発するのである。
老人の咳ばらいは死者の世界をよみがえらせる。月の夜という設定によって、陰鬱で怪奇な地下世界が昼間の目にあきらかにされる。映し出される夜の世界は、昼の目を安心させるような明るさにはならない。それはあくまでも夜の中にある明るさにすぎないからである。あやしい老人が現われることによって、月夜の町は独自の奥深さを暗示する。死の形象は絶対的な闇を示すことがないかわりに、かつて生きたかもしれないし、いまも生きているかもしれない生の階層を浮かび上がらせる。ロビンは過去の世界に投げ出されたのである。

この作品が歴史的舞台を重層的に示していることを考えると、[39]月の明かりとランプの火に導かれてロビン青年が歩く世界は墓場としての過去の世界であり、『ファンショー』以後に構成された『故郷の七つの物語』と、そこから生まれたとされる「アリス・ドーンの訴え」に見るように、ホーソーンが限りなく作品の滋養を見出す歴史の世界であることがあきらかになる。[40]

『トワイス・トールド・テールズ』に載らなかった三つの重要な作品があった。いま見てきた「ぼくの親戚、モリヌー少佐」はその一つで、「ロジャー・マルヴィンの埋葬」「ヤング・グッドマン・ブラウン」と、いずれも虚構性の高いものである。この三つの作品は最初に発表されたのが比較的早かったということとともに、それぞれに墓が出てくること、燃える火が見えること、これにともなう多くの類語によって光と闇の効果が著しいといった作品のもつ内容でも共通する。「ヤング・グッドマン・ブラウン」のなかの森が魔女の宴であることはよく知られているし、「ロジャー・マルヴィンの埋葬」のなかの「開墾」を示すつぎのような一節を読んでも、荒野が闇であるととらえられていることを知ることができる。

彼はどこか森の奥深いところに光をあて、まだ手のつけられていない荒野の胸の内から生活の糧を求めることになった。[41]

このように暗い墓をみて明るい太陽をもとめる虚構としての空間は、すでに『トワイス・トールド・テールズ』の時代に確立されていたことは明白なのだが、のちの『古い牧師館の苔』の時代に入ると、墓への好みは変わらないものの、より寓意性が濃くなり、読者は幻想の世界なのか夢の世界なのか、ただ謎めいているだけの世界なのか区別のつかない一種特有の雰囲気に引きずりこまれる。『古い牧師館の苔』の実質的な「まえがき」である「古い牧師館」では、冒頭から葬列と村の墓地が示される。「まえがき」全体がコンコード川とアサベト川の水の流れのように、だるくて眠い雰囲気をつたえているが、おそらくこれが、この作品集が読者にあたえる憂鬱な印象を集約しているのだろう。この「古い牧師館」を書いたのが彼のまだ新婚時代だったことを考えると、ここに現われているだるい感情がなんであるか、きわめて暗示的になる。彼は一方では自分の生活をエデンの生活にたとえ、愛する妻をイヴに見立てていた。ところが、いちど踏みこんだ想像の世界から逃れることはできなかった。近くに埋葬されているイギリス兵の頭蓋を彼は忘れることができない。理由はともかくとして、彼は「わたしはこの墓を開いてみたいと思う」とさえ言うのである。[42]

一八三九年に発表された「リリーの探求」という作品のなかで、ふたりの恋人が「あらゆる純粋な楽しみが寺院の柱にからみついている薔薇のように群がり、つねに新しく自然のままに花ひらく」別荘を建てようとして、その敷地を探し求める。ようやく目的を達して寺院も完成したというのに、恋人のリリー、すなわちリリアス・フェイは空気のような存在になって死んでしまう。寺院を墓地に変えてリリーを埋葬しようと床下を掘ると、そこに古い墓地が見つかる。こうしてこの作品は墓地というものの存在を知らせるために逡巡してきたことを読者は知るのだが、最後の最後にきて主人公のアダム・フォレスターは両腕を天に向けて、つぎのように叫ぶのである。

ぼくたちの寺院の敷地は墓の上であってほしいものだ。だから今はぼくたちの幸福は永遠だ。[43]

ここで読者はかなり強引な選択に迫られる。というのは、なぜここで死を表象する墓を永遠の幸福をもって受け入れなければならないかという素朴な疑問が起こるからである。このあとに「一条の日の光が薄暗い空に現われて墓の中に入っていった」[44]とあるので、これはキリスト教的に神と人間の和解を意味するのかもしれないと考えざるをえなくなる。

じっさいに「アダム」Adam、「リリー」the Lilyという命名からして、この作品は死と再生と結びつけて考えられるらしい。[45]「死、墓、経帷子への執念」[46]はカルヴィンに淵源するピューリタニズムの世界観なくしては理解できないことになる。のちにホーソーンの妻となったソファイアが、コンコードの古い牧師館で新婚生活をおくっている様子を姉のメアリーに伝える手紙のなかで、つぎのような美しい言葉を残している。「幸福と平和と安楽のもとにあって、わたしはリリアス・フェイの役を演ずることをかたくやめることに決めました」[47]

ホーソーンが例のコケモモを見たのはコンコードの墓地だった。これまで見てきたように、彼はニューイングランドに特有の墓石に刻まれた像に取りつかれ、墓石に踊る死の神と天使の姿から限りない素材を引きだした。生の世界から見れば死の世界は負の世界であり、メルヴィルが「暗黒」と感じたものの実体は、かぎりなく負の世界に逡巡してやまないホーソーンの趣向にあったのかもしれない。ホーソーンが「鑿で彫る」のなかで、さりげなく描写した一場の絵には死があり、ろうそくの火があり、天使があった。墓石はそれ自体は生の形骸であり死でありながら、ひとつの世界観を提示した。この世界観が芸術的色彩をおびると、ときには死のがわから見た生の世界が描き出され、たんなる厭世観とはちがった一見影の薄いように見える世界が現われる。寓意がこの影の薄さを助長する。生とのつながりに確然としたものを示さない数々の観念に読者はいらだちをおぼえ、ホーソーンは不可解だと決めつけたい誘惑にかられる。問題は解決されないまま残される。ことによるとピューリタンの神学がホーソーンの文学の難しさの原因になっているのではないかと考える。しかし、ニューイングランドの墓石がニューイングランドのピューリタンの世界観から生まれたという事実と、墓石に刻まれた世界観がホーソーンに影響をあたえたという事実は、おのずから違うように思われる。アメリカ植民地が経験した過去の世界に彼が探りを入れて足を踏み入れようとしたときに、墓地はどうしても通らなければならなかった具象の世界だった。じっさい彼は「観光客のように、いつもこの墓地［キングズ・チャペル埋葬地］をぶらついていた」[48]のかもしれない。

「ホーソーンの死への関心は奇怪な形に変えられなければならなかった」[49]とマザーは言う。ホーソーンの作品とノートにはおびただしい墓への言及があって、彼の想像力が墓石と魔術的に交わったという想定は可能だし、この私的体験をつうじて素材の一つとして確立した陰鬱で暗い感じのする墓石が、作品の中で暗い効果をあげていることも事実である。しかし、ここに論じたような暗さの原因を墓にのみ結びつけることが唯一の正しいものかどうかはわからない。ワゴナーの言うように「闇にあるのでなければ、信仰の光は必要とされない」[50]問題は死よりも暗いものがあるかどうかということである。もしあるとなれば神学をさけることはできないだろうし、心というものの襞を詳細に見きわめていかなければならないだろう。さいわいにして長編の世界が残されている。長編についてはまったく別の角度から論じなければならないかもしれないのである。

第8章　孤立の苦闘

「カンタベリーの巡礼」「シェーカー教徒の婚礼」

シェーカー教徒（Shakers）が描いた絵がある。村の道路に面した建物の在りようを描いたものである。描かれているのは地図ともいえないし、絵でもないかもしれない。あえて分析して言えば、地図と絵の両方が混在していると見ることができる。遠近法に慣れている目からすると、素朴な現代芸術か挿絵画家の作品のように見える。実写でないことはたしかなのである。かといって、有用性を拒絶しているわけではない。したがって抽象画ではありえないし、たんなる風景画として見ることもできない。この地図と絵を書きこんだ図は地図学と絵画史を超えたなにかを表わしているにちがいないのである。紙の上に描かれているのはシェーカー村（Shaker village）の光景である。シェーカー村にはこのような光景を描く一連の絵師たちがいて、多くの図面を残している。

もともとの目的は装飾物としてではなくて、村の実際の様子を図でしめす記録資料であったらしい。最盛期にはアメリカ合衆国北東部を中心に二十近くをかぞえたシェーカー共同体（Shaker communities）は、その教義と実践に画一性をたもち、それぞれの共同体間の理解と協力がなければならなかった。土地を購入し、村を建設するためには、まず設計がなければならない。そのために共同体はたがいに交流しながら、このような記録資料を必要とし、またじっさいに土地の明細と建物の財産目録として活用したらしい。このような図はたくさん存在し、その作者の名前もほとんど知られている。[1]

立体的な空間の光景を平面に置き換える手法は作者によって異なるし、およそ半世紀ほどのこの図の歴史のなかで少しずつ変化が起こっているが、その頂点となる構図の特徴は、平面に道路をおき、この鳥瞰図的平面に立体を模した建物をならべるものである。道路に沿って建物の基部をおくので、それぞれの建物の屋根は東西南北のいずれかに向いている。この構図で描かれたものの大半は一八三〇年代と一八四〇年代のもので、一八五〇年代になると全体の構図に遠近的手法が取り入れられ、建物の立体構造が書きこまれるようになる。すなわち、平面的地図の構図から遠近法的絵の構図へと変化していくのである。シェーカー共同体の歴史がアメリカの建国とともに進み、その最盛期が一八四〇年代で、一八五〇年代から下降していったことと照らし合わせると、この構図の変化は、たんなる構図の変化ではなくて、シェーカー共同体と当時のアメリカ社会の変化と無縁ではないように思われる。シェーカー共同体は巧みな製品を作り出し、これを製品として共同体の外の社会に売りさばいて、いわば自由競争社会で繁栄した。その繁栄が続かなくなったのは、アメリカの社会が十九世紀後半に大量生産社会に変化したからだと言われている。[2] 空間をとらえる構図から凡庸な遠近的構図に変化していくのは、すくなくとも描き手の信仰あるいは精神の在りようの変化を示唆しているかもしれないのである。

もともとこの共同体の中心には、世俗的社会とは根本的に異なる思想があって、おそらくこれが共同体の繁栄にもなり、また衰退の原因のひとつにもなったものである。それは貞潔・禁欲(celibacy)の思想である。男女が性的に交わってはならないという規則は共同体のなかで厳格に守られた。これを守らないものはたとえ夫婦であろうとも共同体の中にとどまることはできなかった。この生殖の拒否は生物としての生命体の増加を期待しないことになる。それでも共同体が繁栄し、その構成員が増加したのは、教団活動のなかで新しく入信する者たち(Young Believer)を積極的に受け入れたことによるものである。親が教団を去ったあとも残された子供たちを共同体は養育し、教団の掟にしたがって教育した。教団が隆盛に向かう十九世紀の初めのころは十六歳以下の人口が飛躍的に増えたし、子供にかぎらず、世間で自立がむずかしい弱者が多くいたという。[3]

その繁栄の原因のひとつは、勤勉な構成員の斬新な工夫と発明の才によって生み出された家具や道具、生活に必要な日用品など、商品価値のあるものの生産である。薬草や良質の種子の生産にすぐれ、よく考案された簡素な家具など、さまざまな製品を作り出して共同体の外の世界に販路を広げた。[4] 酪農にも工夫がこらされ、ハンコック・シェーカー村の丸い石造りの酪農納屋はよく知られている。[5] 子供の教育においても世間が注目した。信頼のできる子供の養育のために子供を預ける人もあったといわれている。[6] 共同体は、こうした周囲の世界の実利的要請に応える社会的構成機能をはたらかせた。

共同体が外部の注目をあつめたのは、集団の熱狂的な踊りをはじめとする構成員の生活ぶりである。階段の登り降りにも仕切りが設けられるほど男女の区別は厳格で、教団、教区、村、ファミリー等の集団ごとに相似的に二名ずつの男女をおき、共同体の運営と取り仕切りは男女が二分された統合のうえで実行されていた。仕事のうえでの男女の分業は明確で、祈りと労働の生活は集団としての男女の協同によって支えられていた。[7]

この信徒の集団は、クエーカーに淵源をもち、信仰に震えながら集団で祈る踊りから、震えるクエーカー（Shaking Quaker）とも呼ばれた。教団として発展する十九世紀の初めには「キリスト再臨を信ずる者たちの連合体」United Society of Believers in Christ's Second Appearing という正式名が使われるようになった。

世間の評判もあって社会改良家や文人たちが注目した。十九世紀の大西洋をまたぐ政治的、文化的状況のなかで、ユートピアへの憧憬がアメリカの地に注がれた。[8] 二十世紀の人間大量殺戮破壊を知らない時代である。この奇妙な集団が実験場のように見えるアメリカに実現した共同体の在りようが、ヨーロッパの中世につながる千年王国の実現を思わせるにしては、人間的改良の情熱にとらわれすぎていたかもしれないが、この共同体は、まさしく物的生活のうえで工夫と発明をこらし、身近な道具と機械を考案し、人間的改良の例を外の世界に示していたのである。

マザー・アンと呼ばれた教団創設者のアン・リー (Ann Lee) は、再臨したキリストと見なされたふしがある。[9] それはすなわちキリスト再臨であって、千年王国が始まったことを意味することにほかならない。いつの時代にも、個人としても集団としても信仰の根本に生きる信念は偏在する。アン・リーが女性としてこの世に現われたキリストであり、神の愛の母性の現われであるとする信仰に、千年王国の実現をうたがう余地はない。いつも世俗社会とはいざござを起こし、共同体内部からも教義に従わないものが出てきたとしても、信仰の基底をなす思想が変わらないかぎり、いかに問題の種が忌むべきものであろうとも、副次的なものにとどまる。地上における肉欲はさけるべくしてあるわけではなく、貞潔は守るべくしてあるわけではなかった。教義があるかぎり肉欲はさけられ、貞潔は守られる。むしろ教団の繁栄のもとをなした工夫と発明の才能で世俗社会と関係をもったことが特異な文化的現象であって、共同体は、当時の社会にあって、共同体の持続を可能にした特異な社会関係を構築していたということになる。社会はみずからの存在理由のうちに、その構成員に有用性をもとめる。シェーカーの生殖拒否の思想がマルサスの人口論の影響をうけて世間に肯定的に受け取られたとさえ言われたのである。[10]

ホーソーンがこの不思議な共同体をおとずれたのは一八三一年のことである。[11] 彼はニューハンプシャー州カンタベリーのシェーカー村をおとずれ、翌年の一八三二年に「カンタベリーの巡礼」を著わしている。一八三七年には「シェーカー教徒の婚礼」を発表している。二つの作品はシェーカー共同体を題材としている点で共通しているが、作品の展開に力をあたえているはずの明確な意図が隠されているということでも、読者を納得させるに十分な共通点をもっている。そしてこれは作者ホーソーンがシェーカー共同体をどう考えたかという問題に先行する問題とかかわっている。

「カンタベリーの巡礼」では愛し合う男女の若者がシェーカー村から逃亡する話である。月明かりの下で共同体から逃げ出す二人は、これから共同体に入ろうとして旅してきた子供をふくむ六人の群れに遭遇する。そこはいわば共同体と世間一般との境界線であり、たんなる往来とはちがう。それぞれ世間で失敗した詩人と事業家と農民の語りは、共同体に逃げこむ人びとの理由の一端をつたえているにちがいないし、いくら働いても世間では神の加護がなかったという農民と、かつては愛し合っていたという農民の妻の説明には同情すべきところがあった。逃げ出そうとする二人もまた同じような経験をしたからである。しかし、二人は逃亡を決意する。それではなぜ逃亡するのか。ただ共同体を抜け出すことが目的なのではない。

失敗した事業家に答えてジョサイアは言う。


「ミリアムとわたしはシェーカー村でできたと同じように世間の人びとのなかで毎日の糧を得ることができます。それ以上は望まないよね、ミリアム」

「そうよ、ジョサイア」と彼女は静かに言った。

「そうだね、ミリアム。それからもし恵まれたら、小さい子供たちのための糧もだ」とシェーカーの素朴な若者は言った。

ミリアムはこれには答えずに、泉の中を見下ろした。そこに、きちんとした小さな婦人帽のなかで赤面している自分のかわいらしい顔が映っているのを見た。[12]

ここには性行為への暗示がある。
旅人たちの一人に、なぜ逃亡するのかと問われたジョサイアは
教父のジョブ様はいっしょに話をするのも恐ろしい人で、ご老体なので、ジョブ様が肉欲の

邪悪さと呼ばれるものに、なんの思いやりもないからです。[13]

と答える。ここに貞潔・禁欲に苦しむ若者の悩みがある。シェーカー村からの逃亡は、すなわち貞潔・禁欲からの逃亡を意味している。

「シェーカー教徒の婚礼」では、作品に流れるこの意図はさらに鮮明に筋に組み込まれる。「カンタベリーの巡礼」とは反対に、世間での苦労が報われなかった愛し合う男女の若者がシェーカー共同体に入り、二人は努力の末に村の指導者に選ばれることになる。その結末の場面はつぎのようになっている。

かわいそうなマーサには女性の心があり、それも優しい心だったので、これら見知らぬ老人たちをぐるりと見つめ、それからアダム・コルバーンの穏やかな顔に目をうつしたとき、彼女は内心おびえた。しかし、長老たちが自分をいかがわしそうに見つめているのを知ったので、彼女はふかく息をすると、ふたたび話しはじめた。

「多くの苦労はありましたが、わたしに残された力でもって」と彼女は言った。「この任務を引きうけ、これに全力をつくすつもりです」

「それでは、手をつなぎなさい」と、エフライム教父は言った。

彼らは手をつないだ。長老は立ち上がり、教父ももっと真っすぐになろうとして、かすかに身を起こしたが、そのまま大きな椅子にすわっていた。

「手をつなぐようにと、わたしは言ったが」と彼は言った。「この世の愛情という意味で言ったのではない。なぜなら、おまえさんがたは永遠にその絆を断ち切ってしまったからだ。しかし、精神的な愛からすればたがいに同胞だし、与えられた仕事をするときにはたがいに助け合わなければならない。おまえさんがたが受け入れてきた信仰を他の人びとに教えなさい。おまえさんがたの門を大きく開けなさい――わたしはその鍵を渡そう――世の不正をすてて清浄と平穏の生活をおくろうとここに来るすべての人に広く門を開けなさい。この世の空しさを知ってしまった疲れた人びとを受け入れなさい――そういう悲しい目に遭わないためにも、小さい子供たちを受け入れなさい。どうかおまえさんがたの努力に祝福がありますように。そうすればきっと、聖母アンの使命が完全に果たされるときが――子供たちが生まれることも死ぬこともなくなり、わたしのように年取った疲れきった人類の最後に生き残る者が、太陽が沈んでいき、罪と悲しみに満ちた世に二度と昇ることのないのを見とどけるときが、いよいよ迫ってくることだろう」

年老いた教父は疲れきって椅子に身を沈めたので、それを取りまいていた長老たちは、いよいよ新しい村の指導者が長としての任務に取りかからなければならないときがきたと、当然のことながら考えた。みんなはエフライム教父にばかり気をとられていたので、マーサ・ピアソンを見ることはなかったのだが、アダム・コルバーンでさえ気がつかないうちに、彼女の顔色はどんどん悪くなっていた。じじつ、アダム・コルバーンは彼女の手から自分の手を引きはなし、大望を果たした満足感で腕組みをしていたのだった。ところが、マーサは彼のそばで、どんどん顔色が悪くなり、ついには埋葬の衣を着た屍のように、若い日の恋人の足元にくずれおちた。なぜなら、多くの試練にじっと耐えてきた彼女の胸は、もはや孤立の苦闘の重み（the weight of its desolate agony）に耐えられなかったのだ。[14]

現世の愛を断ち切ることを意味する貞潔・禁欲の教義は、生殖を拒絶するだけではなくてマーサの死をまねく。作者ホーソーンが作品に託するものは現世における死である。「カンタベリーの巡礼」の結末で、ホーソーンはシェーカー共同体をすべての自然と社会の絆が断ち切られ、すべての区別が等しくなる墓になぞらえている。創作にいそしみながら死の概念と戯れたホーソーンだったが、また同時に、死の対極にある性の力強さを心に培養していたと考えることもできる。

多くの著名人・文化人がシェーカー共同体をおとずれたが、チャールズ・ディケンズもその一人だった。集団で踊る礼拝の見物を断わられたディケンズは、礼拝堂と人物の印象を「きびしい厳格さ」grimness という言葉で表現しているが、世間で噂されているこの共同体の貞潔・禁欲が本当に実行されているかについては疑問をなげている。同じ観察のなかで、ディケンズが嫌う「生命から健康な美点をはぎとり、若者から無邪気な楽しみをうばい、円熟した大人から心地よい飾りをむしりとり、存在を墓に向かう一本の細い道にしてしまう悪い精神」とは、シェーカー教団の貞潔・禁欲のことであり、「婚礼の祝宴をぶどう酒ではなくて苦いものに変えるこの世の敵のなかの最悪のもの」[15]とはシェーカー教徒のことである。ディケンズがニューヨーク州のニューレバノン共同体をおとずれたのは一八四二年である。菜食主義者集団社会「フルートランズ」の建設でブロンソン・オールコットとともに働いた英国人のチャールズ・レーンがハーヴァードのシェーカー村の印象を一文に表したのが一八四三年である。[16]

「カンタベリーの巡礼」と「シェーカー教徒の婚礼」が書かれたと推定される一八三一年[17]と、ディケンズの紀行文には十年ほどの差しかないし、それぞれ書いた年齢も二十八歳、三十歳とあまり変わりはなく、おとずれた地が異なるだけで、それぞれの作者が伝えようとしていることの核心はシェーカーの貞潔・禁欲であるけれども、ホーソーンのものは文芸作品を意図して書かれたという点でディケンズの紀行文とは違っている。

一八三一年に叔父のサミュエル・マニングとニューハンプシャー州に行き、カンタベリーのシェーカー共同体をおとずれたとき、ホーソーンは妹のルイーザに手紙（一八三一年八月十七日付）を書いている。彼は二、三百人もいる見物客といっしょに祈りの踊りを見物し、シェーカーたちの様子を記しながら、「愚かさ」stupidity とか「まぬけ」boobies という言葉をつかっているが、その描き方はやや突き放した客観的なものになっている。同じ手紙のなかに、シェーカーになることについて話したとあり、それから少しあとに従兄弟に宛てた手紙（一八三一年九月九日付）にも、シェーカー教徒になる気持があることが述べられ、さらにそのあとのルイーザに宛てた手紙（一八三一年十一月四日付）にも、「シェーカー教徒になったときには」という仮定法的未来形ではあるけれども、似たような表現がつづられている。しかしいずれの表現も手紙の終わりのところに書かれているので、本気に考えていたというよりは戯れに言い足したといった印象をうける。[18]

『アメリカン・ノートブックス』の冒頭の一八三五年六月十五日の記録にもシェーカーへの言及がある。セイレムのジュニパー岬を散歩した帰りの道で、飼育されている豚の群れを観察する。その終わりのところで、シェーカーは清潔に、うまく豚を飼育すると、ふと思い出したかのようにつづっている。一八四二年十月十日の記録に、エマソンとハーヴァードの共同体をおとずれたときのことがつづられている。しかしこれはシェーカーに関しては、まったくそっけない記述で終わっている。一八五一年八月八日の記録には、息子のジュリアンとハーマン・メルヴィル等と連れ立ってハンコックの共同体をおとずれたときの長い記述がある。このときの簡素で規律正しく生きる共同体の中の様子を描く前半のホーソーンの筆致は客観的なものにちがいないが、そのあとにつづく評言はそっけないというよりは、手きびしいものである。

これは、清潔と簡素を彼らがみじめに装っているのはまったくの薄っぺらな見せかけであり、シェーカーはきたない連中であり、またそうに違いないということを示している。だから、彼らの完全で組織的なプライバシーの欠如、人と人との密接な結びつき、人が人を管理すること――考えるだけでも不愉快で気持がわるくなる。だから、この集団は早く消えれば消えるほどいい――それはそんなに遠くない日に来るだろうと思いたい。

大きな建物の中で、わたしたちは一人の老女――丸く太った元気のいい小柄の老シスターだった――と九歳から十二歳の二人の少女を見た。彼女たちは陰険に流し目だったけれども大いに興味をもって、わたしたちとジュリアンを見た。ほかの住居の建物の入口では女性たちが縫い物か、なにか別の仕事をしているのを見た。彼女たちにはある種の慰めがあるように見えたけれども、ひどい負担によってもたらされる慰めでしかなかった。また彼女たちは青ざめて見えたし、男たちのだれも陽気な顔つきはしていなかった。彼らはたしかに、これまで文明国で存在したもののうちでも例のない、悪魔に取りつかれた連中である。そして、いつの日か彼らの教団と組織が消滅するとき、『シェーカーの歴史』というのはきわめて興味ぶかい本になるだろう。[19]

こうした嫌悪感といってもいいシェーカー教徒共同体にたいする理解は、たとえ若き日にその真髄ともいうべき「貞潔・禁欲」を選び出して作品にしたとはいえ、短編を書いていたときの一八三〇年代のホーソーンには見られなかったことである。ブルック・ファームに参加したときの経験が反映していることも考えられる。シェーカーに関する二つの作品が書かれたであろうと推定される一八三一年までに、ホーソーンは長編『ファンショー』を手がけたあと、すでに優れた三つの作品を書いている。なぜこの三つを区別するかといえば、最初の短編集『トワイス・トールド・テールズ』の一八三七年版と一八四二年版のいずれにも収録されなかったからである。これに「アリス・ドーンの訴え」をつけ加えるべきかもしれない。ホーソーンは歴史に材料と舞台をとり、これを現在に引きよせて虚構性のうちに展開する手法を身につけていた。[20]「ロジャー・マルヴィンの埋葬」は人の心にはたらく深い心理を、「ぼくの親戚、モリヌー少佐」は正義と革命の危うい境界線を、「ヤング・グッドマン・ブラウン」は健康な社会に対する疑惑をそれぞれ意図していると仮定すれば、シェーカーを題材にした二つの作品は肉体的な愛という確かな概念が意図された作品になっている。

画家が取り扱うようにホーソーンは人生を取り扱ったという評言がある。[21] あまり人とは付き合わないながらも旅をしたり散歩をして、スケッチ風に書きつづることを心がけたホーソーンだったが、すでに三つの作品に見るように、シェーカーの村の絵のような鳥瞰図的な構図のおきようは知っていた。これをホーソーンの意図した技法としてとらえ、視覚芸術の構図と理解する研究家もいる。[22]『トワイス・トールド・テールズ』に収録された作品でも、「我が家の日曜日」「尖塔からの眺め」など、高みから下界を見下ろしている構図があるし、「小さいアニーの散歩」「ウエイクフィールド」「デイヴィッド・スウォン」「雪舞」「夜の点描」「海辺の足跡」などのように、いわば中間的な位置から観察する構図もある。このような構図の中では、過去は過ぎ去ったものとしての過去にならないし、遠近的視界で地平線を見ることがない。さらに鳥瞰図的な中で愛の実現が失敗するとき、すなわち肉体的愛の実現がなされないときは、その背後に悪魔的存在が跋扈する。時の経過としての未来は必ずしも明るいものではない。

シェーカーの絵師たちは、鳥瞰図的地図の手法をしだいに遠近法的手法に変化させた。これはおそらく時代の流れを反映している。絵師たちの手法の変化はシェーカーが改良と前進という現世的なことでは優れていたことを示している。それでもなお十八世紀末に建設された十一の共同体で一八四〇年代に二千四百人の構成員を数えて繁栄した教団も、その後は衰退の一途をたどり、一九七四年にシェーカーのアメリカ移住二百年を記念したとき、カンタベリーとサバスレイクの二つのシェーカー村に、高齢の二人のシスターが生活していることがわかって世間を驚かせた。南北戦争のあとの時代にシェーカー共同体の構成員が減少していったのは、なにも貞潔・禁欲思想があったからだけではなくて、共同体内部そのものの中に唯物主義が募っていたといわれている。[23]

　衰退していったことにのみこだわると、シェーカー共同体が世の中に果たした重要な役割を見落としてしまうだろう。この共同体には世俗社会が扱いきれない問題をつつみこむ駆け込み寺のような役割があった。

　社会改良に強い関心を示すことのなかったホーソーンが、二つの作品でシェーカーの貞潔・禁欲の実践を現世的な愛の問題として取り扱い、のちに強い嫌悪をあらわした理由が、シェーカーの私生活を無視した画一的な生き方にあったであろうことは理解できる。[24] この強い嫌悪感を書きしるすまえにホーソーンは『緋文字』を世に出し、そのなかで「貞潔・禁欲」が限定的に私生活に介入する画一的な社会の規制であることも、結末における有名なヘスター・プリンの固い信念をつうじてあきらかにしている。そこには、まさしくシェーカー教団の創始者アン・リーを髣髴させるものがある。[25]

　いつかもっと明るいときがきて、天国の時代になり、世の中の機が熟したときは、男と女がもっと確かな互いの幸福の基盤に立って完全にひとつになる関係ができるように、新しい真理があきらかになるという固い信念を、ヘスターは女たちに語った。ヘスターは若いころ、自分は女預言者として生まれてきたのではないかと、いたずらに思ったことがあったのである。[26]

このような希望をヘスターに託す作者ホーソーンが、チリングワースのような共感と同胞愛を欠いた悪辣な存在を作り出していったことも事実である。

第9章　生まれ故郷

「夜の点描」「雪舞」「村のおじさん」「ピーター・ゴールドスウェイトの財宝」「年の瀬の対話」

すでに名声が確立した一八五一年の『トワイス・トールド・テールズ』の「まえがき」で、ホーソーンは自分の書いた一連の作品にスケッチ風の作品（sketches）があることを表明した。作者自身の定義によれば、「文章の形で取り交わされる孤独な心と自己との交渉を示すような観念の難しさや表現の曖昧さといったものはまったくない」[1] 作品ということになる。これにつづく作者の説明によれば「世間から引きこもった人間が……世間と交渉をはじめようとする試み」だった。このスケッチ風の作品の性格を浮き上がらせるために作者がいみじくも表現したことであきらかなことは、ホーソーンの工房には二つの「交渉」があったことになる。ひとつは「孤独な心と自己との交渉」であり、もうひとつは世間との「交渉」である。ここに作者がいう「世間」

the World と、同じところで作者がいう「読者一般」the Public at large というのがどのような関係にあるのかということも考えなければならないが、作者が定義する「スケッチ風の作品」に分類されるであろうと思われる作品群にはいくつかの際立った特徴がある。素描というのだから虚構性が少ないのは当然だが、その素描する流れのなかで語り手が特徴的な心情を吐露しているように思われるのである。作品をつつむ構成は素描であるけれども、それは目に映るものをただありのままに描写しているわけではない。高い塔から人と風景を観察したり、散歩を楽しみながら自然と風物を描写したり、蛇口の水の流れにくみしてユーモラスに演説をしたりするけれども、いつも語り手は自己の住む土地に慈しみをもち、そこに新しい生命をさぐろうとする吐息のようなものをもらしているような気がするのである。それはあまりにも私的で見えにくいが、たしかな感情としてとらえることができるものである。おそらくこれはゴーマンが「ホーソーンの場所の生気への感応」Hawthorne's sensitiveness to the spirit of places[2] と呼ぶものに共通している。

この「まえがき」は、セイレムの税関をくびになり、『緋文字』を書いて名声を博したあと、「足元からセイレムの埃を払い去って」[3] 移住したレノックスで書かれたもので、十年以上もまえにセイレムを出たときよりは「陰鬱な部屋」の回想が静観的で論理的になっている。

たとえ後半生の住まいがセイレムでなかったにしても、ホーソーンがセイレムで生まれ、セイレムで成長し、その前半生の大半をセイレムで送り、セイレムで創作をはじめたことは事実だった。セイレムの税関の職場を追われたのも事実だった。政変から起こったことだとしても政略にからんだ駆け引きと中傷があったらしい。[4] そして、これを機に故郷セイレムを去ったのも事実である。しかし、『緋文字』の「税関」の最後のところで、いきどおって書いたとしか思われないセイレムとの決別の文章も、そこにいたるまでには「わたしの生まれ故郷」my native town, my native place, the natal spot, the natal soil[5] という言葉を、あたかも自分に言い聞かせるように使い、セイレムへの愛着を表明しているのである。そして、この「税関」をホーソーン自身が第二版の「まえがき」で「税関勤務のスケッチ」his sketch of official life[6] と呼んでいるように、スケッチという言葉が多用されているところを考えると、この「税関」もホーソーンが書き記した往時のセイレムのスケッチに数えていいかもしれない。ホーソーンはセイレムの人に歴史上よく知られている五十人もの人物を描いたといわれている。[7]

作品を思いめぐらしながら「陰鬱な部屋」で日を送った彼は、のちに彼自身が言うように、[8] ほとんど人と付き合うことはなかったが、部屋に閉じこもっていたばかりではなくて、夕方になれば近くの海辺などを散歩したり、姉のエリザベスが明かしたように、[9] セイレムの近くに逗留することだってあったのである。そうした散策や出歩きで得られるものは世間との交渉であるよりは、人と自然と風景との接触であり、そうした接触をつうじて、しばしばスケッチ風の作品に感じられるものは語り手の独白と吐息である。スケッチ風であることによって孤独な自己を掘り下げるのではなくて、素直で純粋な心の描写がある。[10]

孤独な心が見つめたのかもしれないが、セイレムを描写した作品はたくさんある。しかもセイレムを見つめる孤独な心は陰鬱さを感じさせるというよりは、むしろ晴朗であるように感じられる。尖塔からの風景も、小さいアニーと散歩する町並みも、水道の蛇口が語る市民の往来も、日曜日に教会に集まる老若男女も、通行料金徴収所の橋を渡っていく旅人や商人も、セイレムの嵐の吹く夜の街の様子も、雪が舞う窓外の冬景色も、浜辺を洗う波の戯れも、想像を楽しむ朗らかな気分が描写する語り手に余裕のある落ち着きをあたえ、読者は心の闇を感じさせるようなものを受け取ることはない。ホーソーンは自己の心象風景として生まれた土地のセイレムを語り、それがおのずからセイレムのありのままの姿を描き出していると考えていい。ボストンではなくセイレムであることがホーソーンの住まいと関係しているのである。その描きようは、語り手がそのようにあからさまに言わないだけで、セイレム礼賛と言ってもいいほどである。その背後には、セイレムとその近郊と、さらにその向こうに広がるニューイングランドという土地への信頼感が、広大で強力な自然のなかで漂っているように感じられる。

故郷というときは、すでに遠近感が包含されている。そして、そこにはおのずから放浪感がはぐくまれる。「陰鬱な部屋」に住んだホーソーンは、夕暮れ時の散歩もさることながら、いくつもの旅をしている。とくに一八三二年のニューハンプシャー、ヴァーモントの山岳地帯、ニューヨーク州北部地方への一連の旅では、断片的とはいいながら、いくつもの紀行文を書いている。この旅の目的がかなり意欲的だったことを考えると、[11] これがそのまま放浪感に結びつくとは考えられないが、ニューイングランドという土地感のようなものと、生き生きとした人びとの姿を知っていたはずである。いちど体で感じ取った土地と人びとの生きている様子は、部屋に閉じこもって創作にいそしめばいそしむほど、散歩とは別の意味での想像の逍遥を醸成したにちがいない。旅をするというよりは、さまよい出て理由もなしに人びとと接したいという情念が意識のないうちに生まれていたにちがいないのである。それはただ自然のなかを歩きたいといった都会人が憧れるようなものではなくて、放浪という浮薄な感じとはちがった切実なものだったはずである。「人生は春で時は夏のある昼下がりのこと、ぶらぶら散歩していたぼくは、どちらに行くべきか決めなければならないある三叉路に出た」[12] と切り出した「七人の放浪者」の語り手の「ぼく」は、それぞれみな曲者らしき振る舞いをしてみせる六人の放浪者を皮肉りながらも、それぞれがもつしたたかさに感心し、ちょっぴり同化したいような憧れの気持を抱いていることを隠せないでいる。「気軽な人生観に負けまいとして……遠いボストンの町に向かって出発した」[13] 語り手の「ぼく」は、なにか読者に軽妙な爽快感をあたえている。

この放浪を楽しむ精神は、ウェイクフィールドの場合とはちがっている。ぶらりと散策に出るのは、たしかに目的らしきものをもってはいないが、悪辣の犠牲者になるような他者を前提としていないし、悪漢のような悪さを深めることはない。おそらくこれは出発点が孤独な心と自己との交渉を示すようなものからではなくて、行きずりを楽しむようなところから出ているのである。たとえ陰鬱と感じられる部屋であるとはいえ、住まいを出て住まいに帰る確かな感覚がある。

それにもかかわらず、同じ「まえがき」で回顧したように「悪寒を呼び覚ましたり、指先の感覚をなくしたりさせる楽しみしかもっていなかった」[14]という現実が同居していた。なにかが必要であることはたしかなのである。

幻が想像力の所産であって豊かなファンタジーの世界を築いてもいいはずなのに、そうはならない。ホーソーンはあまりにも墓地と墓とその下に埋葬されている死者のことに思いをはせたので、作品を暗い印象をあたえるものにしたと考えられることは前に考察したとおりである。じっさい幻の出現にまどわされる語り手は明るさよりも暗い陰鬱なもののほうに意識をむける。

どんな人の心の底にも墓と土牢がある。明かりと音楽と歓楽がその上をおおっているので、ぼくたちはそれがあることも、埋められた者たち、つまりそこに閉じこめられている囚人のいることも忘れていることができるのだ。[15]

この「幻の出没する心」の語り手はしかし、暗いものだけを追っているわけではない。夢かうつつかわからない意識の動きのなかで、暖かい情感を胸に抱くのである。

必死になって、ぱっと起き上がり、一種の夢うつつの眠りから覚めて、まるで悪魔たちは幻の出没する心以外のところにいるんだといわんばかりに、ベッドのまわりを荒々しく見つめる。するとその瞬間に、暖炉の燃えないでいた燃えさしが、ぱっと輝きを発し、それが外側の部屋全体を青白く照らし、寝室の戸をとおして、ちらちらと揺らめく。しかし部屋の暗闇をすっかり追い払うことはできない。目はなんでもいい、生きている世の中を思い出させるものを探している。じつに綿密に、暖炉の近くのテーブルと、象牙のナイフをはさんだ本と、広げた手紙と、帽子と床に落ちた手袋に注意をはらう。たちまち炎は消えてしまい、それとともに、すべての光景も消えてしまう。もっともその映像は、暗闇が現実の世界を飲みこんでしまったときでも、心の目の中に、しばしとどまってはいる。部屋じゅうに、これまでと同じ薄闇があるのだが、胸の中にあるものは、これまでと同じ薄闇ではない。……眠りと目覚めの境目の花の咲き乱れるところに身を沈めていると、目のまえに思考が絵となって立ち現われてくる。絵はすべてばらばらだが、それにもかかわらず、充満する喜びと美にすっかり同化している。[16]

語り手はこの繊細な意識の動きの主体をすべて二人称（you）で表現している。随筆と銘打たないかぎり、ホーソーンと語り手を安易に同一視することはできないが、ここにある喜びと美の心情が、ほかのいくつもの作品に語られているとなれば、いかに語り手が巧妙にその心情を一般化しようとしても、作者としてのホーソーンその人に注意を向けないわけにはいかないだろう。

憧憬の吐息とでも言えそうな心情は、すでにいくつか見てきたようにスケッチ風の作品で、どこか刹那的に表現されているように見える。風と雨のなかを傘をさしてセイレムの夜の町を歩く「夜の点描」の語り手は、ふともらす。

> 夜と嵐と、それに妻と子ではなくて孤独を胸にいだいて、こうして当てもなくさまよい歩いているなんて、たしかにぼくの運命はきびしい。[17]

窓から変わりゆく冬景色を観察する「雪舞」の語り手は、ふと自分の身のまわりに注意をうつす。

> 暖炉の火の明かりが少しずつ明るさを増し、部屋のまわりの壁と天井に、揺らめくぼくの影を投げかける。それでもまだ吹雪は荒れくるい、窓をガタガタ鳴らしている。ああ、ぼくは身震

いし、やるせないなあと思う。[18]

ギリシャ・ローマの時代に、いちばん強く愛国心に訴えたのは「祭壇と暖炉のために戦う」という言葉だった、とホーソーンは「火を拝する」という作品のなかで言っている。人間の精神に仲間にたいする深い洞察力をあたえ、あらゆる人間性をもっとも暖かい友情に変える薪や石炭の赤い火、すなわち暖炉がストーブのためになくなっていくことを、ホーソーンは後世の人のために嘆いているのである。[19]

家庭の火を恋しく思う心情は、ファンタジーとしての老人の思い出話である「村のおじさん」に鮮やかに映し出されている。「さあ、暖炉にもう一本薪をくべてくれ」という呼びかけで始まるこの作品は、いとしいスーザンと世帯をもち、子供たちに恵まれた幸せな家庭の暖炉で回想するという構成になっている。すなわち、ひとが心の奥で悪寒を感じるときに暖炉の火に欠けているものを空想するという構造になっている。姉のエリザベスによればスーザンとの出会いはホーソーンの実体験であったらしいので、[20] 家庭の火としての暖炉はただ言及されるだけのものとちがって、空想に迫真性がある。

ぼくは長老だ。ぼくがぼくの子供たちに交じって、ここ、ぼくの古い肘掛け椅子と記憶のない片隅にすわっていると、炉の明かりが、ぼくの年老いた体のまわりに、それにふさわしい栄光を投げかける。スーザンよ。ぼくの子供たちよ。こんな最高に幸せな時間は最後にし、きみたちみんなを祝福し、記憶に残る喜びの宝をもって天に向かって立ち去るほかは、もうなにも残っていないぞ、と何者かがぼくにささやく。きみたちは天国でぼくと会えるだろうか。ああ、残念だ。きみたちの姿がはっきりしなくなり、空中の絵の中にしだいに消えていき、いまや、ますます、かすかな輪郭になってしまったのに、暖炉の火はおなじみの部屋の壁におぼろげに光り輝き、五十年ばかりまえにぼくが投げ出しておいた本と、なかば書いてそのままにしておいた紙とが見える。ぼくは目を上げて姿見をみる。すると、そこに見えるものが優しい憂鬱な微笑をうかべて鏡の奥に退いていく人魚［スーザン］の顔でないならば、そこにはぼく自身の姿しか見えないのだ。[21]

孤独な自己を忘れさせるように暖炉の火に現われて、追憶の未来とともに消えていったスーザンの姿は、やがて作品のそとで同じセイレムに住むソファイア・ピーボディとなって現われると考えてはいけないだろうか。そのあいだに大学の同期であったブリッジの励ましで『トワイス・トールド・テールズ』を出版している。ホーソーンのおかれた状況を心配し、セイレムの地を出ることとさえ提案している[22] ブリッジは、ホーソーンに作者として名前を明かすことを強く勧め、[23]

「自己不信」self-distrust に陥っていることを戒めつつ激励している。[24] すべては一八三六年から一八三七年に起こったことである。ブリッジによれば、ホーソーンは『トワイス・トールド・テールズ』の出版が将来の見通しに好影響をあたえることには確信が持てなかったという。[25]

それでも伝記と作品から見れば、確実に新しい変化が起こっている。一八三七年に発表された「ピーター・ゴールドスウェイトの財宝」のなかに、つぎのような光景が描かれている。先祖が隠したと思われている宝物を探して自分の家を壊しているピーターが、夢中になっている宝探しの合間に、ふと目にした外の風景である。

ピーターはその窓を押しあけて、町の大通りを見まわした。日の光が彼の古い家の中に差しこんだ。大気は穏やかで暖かいくらいだったのに、ピーターは水をあびたように、ぞくぞくっと震えてしまった。

一月の雪解けの最初の日だった。雪は屋根にどっさり積もっていたが、急に溶けだして沢山の水滴となり、軒下に夏の夕立のような音をたてて、きらきら日の光を受けながら、さかんに落ちていた。通りに沿って踏みしめられた雪は、白い大理石のように堅くしっかりとしていて、春のような暖かい陽気のなかでもまだ溶けてはいなかった。しかし、ピーターが窓から顔を出して見てみると、町自体はそうでないとしても、住民たちは、二、三週間つづいた冬の天候のあとのこの暖かい日のために、すでに雪解け気分でいることがわかった。新緑の木の葉のなかに見える薔薇のように、キルトの頭巾と毛皮の襟巻と黒いケープで赤い頬をきわだたせながら、たえまなくつづくご婦人の列が、つるつる滑る歩道を歩いていくのを見ると、彼はすっかり嬉しくなった――溜め息の出るような喜びを感じた。……

明るい太陽、きらめく水滴、光り輝く雪、陽気な人の群れ、いろいろな種類のスピードの速い乗り物、心をわくわくさせる楽しい鈴の音などからなるこの景観ほど生き生きとした光景を、ピーターはこれまで見たことがなかった。陰鬱なものはなにひとつ見えなかったが、棟の連なった古い建物、つまりピーター・ゴールドスウェイトの家だけはべつだった。[26]

この作品の建物にはモデルがあると言われているが、[27] これを描くときの踊るような心の喜びは、鬱積した不安と自信の喪失で「陰鬱な部屋」に閉じこもった作者が外界の景観に触れて感じた心の躍動だったのではないだろうか。[28]

「陰鬱な部屋」からの新しい出発の萌芽と言うべきもう一つのものは、創作の磁場であったセイレムを見つめる作者の目である。

一八三八年のセイレムの町の事情を描いた「年の瀬の対話」でも、ホーソーンは作者名を出していない。しかし、古い年の姉と新しい年の妹が、年が変わる真夜中のわずかのあいだに取り交わす会話にはセイレムの町を見つめる作者の確かな観察が感じられる。一八三八年を体現している姉の話はセイレムの近い過去を鳥瞰しているように感じられるのである。

「わたしは鉄道を開いたのよ」と姉は言った。「だから、あなたは一日に六回、列車の発着を知らせる鐘の音を聞くことになるのよ。かつてはこの同じ鐘が、スペインの修道院の修道士たちに勤行の時を知らせたものだった。古いセイレムは、わたしが初めて見たときよりもずっと生き生きしているわ。見なれない人びとがボストンから一度に何百人と群れをなして、にぎやかにやって来るのよ。新しい顔の人びとがエセックス通りに群がっているわ。鉄道馬車や乗合馬車が舗道の上をガラガラと走りまわっているのよ。日帰りの客を当て込んだ牡蠣を売る店と、それに、一時的な日ごとの客の宿泊施設の建物などが目に見えて増えているわ。でも、もっと大事な変化がこの古い町を待ち受けている。かび臭い偏見のうず高く積まれた山は、社会の自由な流れによって運び去られてしまうでしょう。住んでいる人間にはほとんどわからないような特異性といったものも、外来の物資と接触し、もみ合っているうちに擦りへって、なくなってしまうでしょう。結果は、たいていは望ましいものかもしれないけれども、そんなに良くないものも二、三は出てくるはずよ。良いにつけ悪いにつけ、富が精神に及ぼす影響力はたぶん減るでしょうし、わたしの記憶にないはるかに遠い昔から、このセイレムではほかのどのニューイングランドの町よりも強い支配権を握ってきた貴族階級の勢力も、たぶん衰えるに決まっているわ」[29]

現下の政治状況となると語り手はスイフト流の風刺家となり、英国人であるリーヴィス夫人の言う「自己を生み出した社会の解説者で、徹底した批評家」となる。[30]

「わたしたちは新しい市役所の階段に座っているけど、この建物はね、わたしが政治を切りまわしていたときに完成したものなのよ。それからね、ワシントンの議会を大舞台とするような政党の駆け引きが、ここで縮図的に行なわれているのを見れば、あなたもきっと笑ってしまうわよ。ここでは、かっかとする『野心』が燃えているし、『愛国心』が人びとのためを思って大声で話しているし、有徳な『経済』は街燈の点燈夫の給料を減らすようにと要求しているのよ。ここでは市の参事会員たちが、上院議員のような威厳のある態度で市長の豪華な椅子のまわりを取りかこみ、市議会はわれわれこそ自由を管理しているのだと思っているのよ。要するに、人間の弱さと強さ、激情と智謀、人間の性向、人間の目的とそれを追求する方法、個人としての人格、大衆のなかの個人の性格などといったことが、ほとんど国家という舞台で学べると同じくらいに、ここでも学べるかもしれないのよ。それにね、目のまえの教訓がどんなにみじめであろうと、小人国を上から見ているような気になって、つい笑ってしまうという利点があるのよ」31

希望をもっている新しい年の妹に、立ち去ろうとする古い年の姉がいう人間に関する評価はきわめて辛辣である。

「そろそろお別れしなければいけないけど、このことだけは真面目に言っておくわ。この気むずかしくて無分別で、思いやりがなくて意地悪で、行儀のよくない世の中から、感謝も好意も当てにしてはいけないのよ。どんなに世間が暖かくあなたを迎えるように見えても、またあなたがなにをしてあげようと、どんなにか素晴らしい幸福を人びとに惜しみなく与えようとも、それでも人びとは不平を言うわ——あなたの力ではどうにもならないものを欲しがるし——作るべきではなかったし、また実現したとしても、あらたな不満の種にしかならないような計画が完成することを、これから来る年に期待する始末なのよ。こんな馬鹿げた人たちのことだから、あなたの値打ちがわかるとしても、それはあなたが永久にここから立ち去ってからのことなのよ」32

セイレムに住み、セイレムで観察したホーソーンは、こうして古い年の姉にセイレムとセイレムに住む人びとについて語らせたあと、ちょうどこの古い年の姉が新しいセイレム市役所入口の階段から消えていくように、この作品のあとにセイレムの「陰鬱な部屋」から出て、ボストンの税関で働くようになるのである。

一八三六年の一月にホーソーンは、金払いのわるい出版人サミュエル・グッドリッチに勧められて雑誌の編集人として働くためにボストンに出ている。しかし、わずか半年少し過ぎた八月には、ふたたびセイレムにもどっている。[33]

それから二年後のホーソーンはちがっていた。あとで述べるように、一八三八年のホーソーンには、さまざまなことが起こった。伝記上で目立つものとしてはソファイアとの出会いであるが、ホーソーンの心の中の動きからして重要なのは、ボストンの税関で働く糸口が見つかったことだった。マザーの言うように、「仕事への願望は、ブリッジが考えたような、活気のないセイレムから抜け出す願望でも、金をかせぐ願望でもなかった。人生の不思議な経験をしたために、自分は仲間の者たちといっしょに生活の糧をかせぐことができることを示そうと決めたのだった」[34]のかもしれない。おそらくエリザベス・ピーボディのボストンでの書店の開店とピーボディ家のボストン移住の話は進行中だったにちがいないし、ボストンで働くことはホーソーンにとって「陰鬱な部屋」から出ることは意味しても、故郷のセイレムを捨て去ることではなかった。

ホーソーンは真っ黒になって働きたかったのである。[35]

セイレムの事情を一八三八年に立って描いたのとほぼ時を同じくして、ホーソーンは「総督官邸の伝説」シリーズ四編を著わしている。舞台はボストンである。初めの二編「ハウ総督の仮面舞踏会」と「エドワード・ランドルフの肖像画」は『トワイス・トールド・テールズ』の作者名で、後半の二編「エリナ嬢のマント」と「老嬢エスター・ダッドリー」はナサニエル・ホーソーン名で発表している。長いこと故郷のセイレムで実名を出さなかったホーソーンである。セイレムからボストンへと舞台を移すことは、たんなる場所の変化ではなかったはずである。「総督官邸の伝説」シリーズ四編が書かれたのは「陰鬱な部屋」でのことにちがいないが、[36] この部屋で創作するホーソーンにとって、ひとつの区切りとなる作品群であった。年代順に言えば、ソファイアと結婚するまえに編纂された一八四二年の『トワイス・トールド・テールズ』版には、この「総督官邸の伝説」シリーズまでが収録されることになる。

第10章　バーのある部屋

「総督官邸の伝説」シリーズ

去年の夏のある午後のこと、ぼくがワシントン通りを歩いていたときのことだった。オールド・サウス教会のほぼ反対に位置する狭いアーチ道に突き出ている一つの看板に、ぼくの目は引きつけられた。その看板は堂々とした建物の正面入り口にあって、「旧総督官邸――管理人トーマス・ウェイト」と書かれていた。英国王が任命したマサチューセッツの昔の植民地総督の館をおとずれて、ぜひ散策したいものだと長いあいだ心に抱いてきた目的をこうして思い出したので、ぼくはうれしくなった。[1]

これは語り手の「ぼく」が読者を旧総督官邸の建物にみちびく冒頭の描写である。ぼくのうれしさは、まさしくホーソーン自身のうれしさだったと思われる。そのうれしさをフィールズが記録している。[2] 語り手の「ぼく」のうれしさは二重になっている。かつて実在した者たちが、いわば幻となって活動する物語の中身そのものとはべつに、ここには「陰鬱な部屋」dismal chamber ならぬ「総督官邸」Province-House があって、セイレムからボストンへと新しい展望が開けているからである。ニューベリーが論考しているように、作品の舞台がボストンへ移行することは、ホーソーンがセイレムの先祖の呪縛から抜け出して、新しい歴史的関心の軸を手にする糸口となる。[3] しかもなお物語の枠は建物という枠にささえられている。

一八三七年三月の『トワイス・トールド・テールズ』出版のあとに、どこまでホーソーンが意図したかは別の問題として、さまざまなことが身辺に起こる。その始まりをつくったのは、実名で作品を世に問うことを勧めて「陰鬱な部屋」からホーソーンをおびきだすために、ひそかに短編集の出版を企てたブリッジであることはまちがいない。[4]

このころ、おそらく短編集出版のまえに、ソファイアの姉のエリザベスがホーソーン家をおとずれたのも伝記のうえで重要な出来事だった。匿名の作品はホーソーンの姉のエリザベスが書いたものと思っていたエリザベス・ピーボディが作者はナサニエルだと知らされて、「あのような作品［優しい少年］が書けるのなら怠惰でなんかいられない」と迫った言葉に、ホーソーンの妹のルイーザが「兄は怠惰ではありません」と言い返した言葉は、「陰鬱な部屋」のホーソーンが、ただ無為に過ごしていたのではないことを伝えている。[5]

一八三七年四月には作品の寄稿を依頼する編集人オサリヴァンの手紙を受け取っている。七月にホーソーンはブリッジの招きで、メイン州オーガスタのブリッジの家をおとずれ、一カ月ほど滞在している。そこに連邦議会上院議員になっていたジョナサン・シリーが訪ねてきて三人は旧交をあたためている。まだソファイアとは会わないものの、十一月には姉のエリザベスと妹のルイーザとともにピーボディ家をはじめて訪れている。その数日後には、かつて短かったけれども編集人として働いたときに身を寄せていた編集人で詩人のフェッセンデンの葬儀に参列するためにボストンにおもむいている。またこの年に、いちどは結婚しようと考えたらしいメアリー・シルズビーに会っている。

一八三八年にはさらに大きな変化が起こる。二月にはシリーが決闘で死亡する。この事件が起こるまえに、息子のジュリアンが伝えるところによれば、ホーソーンはメアリー・シルズビーに言われてオサリヴァンに決闘を申し入れたと言われているのである。オサリヴァンはこの申し入れを拒絶した。[6] 海軍省に勤務して巡洋艦の事務長に任命されて地中海におもむくブリッジをボストンで見送ったあと、ホーソーンは七月二十三日にセイレムを出発してマサチューセッツ州西部のノース・アダムズへの旅にでる。セイレムに帰るのが九月二十四日であるから、二カ月という長い旅になる。この間に記されたメモが『アメリカン・ノートブックス』に記録されて残っている。旅に出るまえにソファイアの姉のメアリーが、出かけているあいだ日記をつけたらいいと助言した。はじめホーソーンはなにも書く気はないと答えたが、のちの作品のヒントになると考えてメモを取ることに決めたらしい。[7] このメモは日付だけでも十七あって、ひとつの記録が何ページにもおよんでいる。オハイオ州立大学の百周年記念版でかぞえれば七十ページ以上という量になる。焼かれた原稿があるかもしれないのと同じように、ホーソーンが書き残したメモも彼の死後にソファイアの手を経ているので、[8] これを根拠にすべてを判断することはできないが、記されているメモは量に応じて人物や光景の観察がこまかく描写されている。描かれているのはヒントになるものとして走り書きしたという性格のものではない。ここには創作に新しい工夫を試みようとするホーソーンの姿が想像できるのである。

この年の秋にホーソーンはソファイアと会い、メアリー・シルズビーとは別れることになる。[9] これまでつねに満足のいく原稿料を受け取ることのできなかったホーソーンである。ジェイムズとベルが端的に表現しているように「ホーソーンは貧乏だった」[10] のである。定職につくことに助力したのは旧友だった。ボストンの税関に道筋をつけたのはシリーである。上院議員であった彼は、ボストン港の収税官に任命されていた歴史家ジョージ・バンクロフトにホーソーンを推薦した。[11] 税関勤務が実現するまでにはソファイアの姉のエリザベスの計らいが大きく影響しているが、ソファイアとの結婚を感じていたホーソーンは生活のために働くことを考えるようになる。公務につけば創作活動が制限されるのはあきらかである。ボストン税関に勤務するのは一八三九年になってからである。ホーソーンはその前年の一八三八年に「総督官邸の伝説」シリーズ四編を書き、すでに三篇は発表し、シリーズ最後の「老嬢エスター・ダッドリー」も翌年一月には発表している。

さかのぼって、『ファンショー』のあとのホーソーンは、いずれも実現はしなかったものの三つの短編集を構想したと考えられている。一つは『故郷の七つの物語』であり、もう一つは『植民地の物語』であり、最後は『物語の語り手』*The Story Teller* である。構想された短編集の作品がどのように扱われたかは正確にはわかっていない。[12] その一部は作者ホーソーンの手で燃やされたかもしれないと推測されているが、一部は修正されたか書き改められたと考えられ、それぞれ単独の作品として発表され、そのうちの多くは、のちの短編集に分散されて収録されている。すなわち、現在の読者に与えられている個々の短編は、はじめは短編集全体を一貫して読者に話す語り手が存在する枠組のある物語（frame, framing, frames）[13] として構想されたのではないかと考えられている。はじめに意図したような枠組のある物語は編集人の手で分断されて実現しなかったが、ホーソーンはいつまでもこれにこだわった。父のナサニエル・ホーソーンが書き残した「航海日誌」に慣れ親しんだホーソーンは早いころから東洋の旅物語を読みあさり、個々の物語を一人の語り手が話をつづけていく手法は『アラビアン・ナイト』、すなわち『千一夜物語』などに影響されていると考えられている。これにはリュートケの詳細な研究がある。[14]
「総督官邸の伝説」シリーズの四編は、「ぼく」という語り手がボストンの中心にあって、しかも、かつての栄華が忘れられてしまっている旧総督官邸の建物をおとずれて、酒場の客に語ってもらうという物語を統括する一貫した語り手をもつ枠組のある物語となっている。シリーズを統括する語り手である「ぼく」は、管理人トーマス・ウェイトをはさんで、常連の客ベラ・ティファニーと年老いた王権支持者を手玉に取るようにして語らせる巧みな語りで読者を四つの話の中に導き入れる。この手法、つまり語りの構造全体をつつむ脈絡に、作者が独白していると読者に感じられるものとはまったく異なった芸術家としての持続して緊張するペルソナ、あるいは作者の現前、すなわち作者の居合わせを読み取ることができるのである。[15]
ひとりの語り手によって複数の物語がまとめられるはずのものが、ばらばらにされてしまったのはホーソーンの本意ではなかった。ここにはじめてホーソーンは、『トワイス・トールド・テールズ』の作者として、また作者ナサニエル・ホーソーンとして読者のまえに現われただけではなくて、その作品構造においても、「陰鬱な部屋」で構想したと思われる一筋の流れをもった作品を実現したことになる。[16] これは新しい出発を準備するものである。一八三八年が「年の瀬の対話」でまとめられたように、セイレムの近い過去を回顧した年であったとすれば、この同じ年がホーソーンにとって新しい出発を意味する年でもあったことになる。それは「陰鬱な部屋」で作品を書く最後の年になったと思われるからである。そして、作品の舞台がセイレムからボストンへと移行する転機の年でもあったからである。

セイレムは十八世紀の末から十九世紀の初めにかけて東洋貿易で大いに栄えた。[17] しかしホーソンが成長するころには、貿易港としての繁栄を大きな港を擁するボストンとニューヨークに明け渡しつつあった。一八一二年戦争前にセイレムが所有する船舶は二百二十五であったのに、戦争のあとは所有数はわずか五十七であったと報じられている。[18] セイレムが先祖の地であり、生まれて育った土地であり、エンディコットや魔女裁判で彩られる十七世紀の歴史に満ちているとすれば、ボストンは繁栄の途上にあっただけではなくて、独立革命の揺籃の地でもあった。旧総督官邸という建物を舞台にして二重三重に読者を過去の世界に導いていくのは、創作の上での成功とはべつの意味が隠れているように思われる。これを象徴するのがトーマス・ハッチンソンの扱いである。

四編からなるシリーズは、いずれも旧総督官邸にまつわる伝説と言い伝えを、いまや簡易宿泊所となっている旧総督官邸の建物の酒場で語り手が語るという趣向になっているが、ほかの三篇の逸話的な伝説を扱ったものとはちがって、シリーズ二番目の「エドワード・ランドルフの肖像画」は、独立革命につながっていく一連のボストンを中心とする騒乱の発端をなす歴史的に重要な政治的決定がなされたところが舞台として描かれている。主人公はトーマス・ハッチンソンである。商人の家に生まれた彼は、大学を卒業したあと政界に入り、しだいに重きをなすようになり、一八五八年にはマサチューセッツ植民地副総督となり、一七七一年から一七七四年まで総督を務めることになる。やがて英国本国と植民地の関係が戦乱状態になると、彼は亡命を余儀なくされてロンドンにわたり、そこで生涯を終えるのである。土地っ子の行政官として人気が高かったはずの彼は、権力の頂点に立つにつれて親戚縁者を要職につかせ、司法界にまで勢力をのばし、政策的にも政敵をつくり、やがて植民地の憎悪の対象になっていく。彼はボストンのノース・エンドに祖父が建てた豪華な邸宅をもっていた。一七六五年の八月二十六日の夕方に群衆が襲った。自分の娘に手を引かれて難を逃れたものの、暴徒の破壊は夜遅くまでつづき、邸宅は一夜のうちにほぼ完全に破壊されてしまった。ボストンに生まれながら、つねに英国国王の臣下として義務を守りつづけた彼に向かって、あらゆる嫌がらせが横行し、彼の人形が焼かれた。

ボストン港を見張る位置にあったウィリアム砦に、植民地軍に入れ替わって国王軍を進駐させるという決定はこうした状況のうちに行なわれたのである。[19]

ボストンの税関を辞めたあとの一八四一年三月に出版され、のちに『おじいさんの椅子』に合冊された「自由の木」のなかに、ハッチンソン邸宅が暴徒に襲われた様子が描かれている。子供の読み物として書かれているとはいえ、『おじいさんの椅子』の大部分は税関勤務のあいだに書かれたと推測されるので、「総督官邸の伝説」シリーズが書かれたあとの作品だけに、故郷の歴史を材料とするホーソーンの創作世界が、かなり大きく変化しつつあったのではないかと思われるのである。「陰鬱な部屋」で瞑想し、原稿料も満足に払ってもらえないながらも作品をつづっていくうちに、歴史のなかに意味を探すことが創作そのものであり、創作することが歴史に意味を見出すことになっていった経緯があったと考えるならば、セイレムからボストンへという場所の移行は、たんなる場所の移行にとどまらず、求める素材をも巻きこんだ創作そのものの環境の変化をもたらしたことになる。しかし、「陰鬱な部屋」から出たからといって陰鬱さから逃れたことにはならないと同じように、ニューイングランドの歴史から離れるわけではなくて、むしろ、より身近に読者と共有できるような材料を求めることになる。多くの日記と手紙と公文書を後世に残し、ニューイングランドの歴史に貢献しながら、憎悪の対象となって故郷のボストンをはなれ、ついに帰ることのできなくなったハッチンソンを総督官邸で活動させる作者には、「自由の木」のなかで描かれる暴徒に襲われるハッチンソン邸宅が、すでに用意されていたかもしれない。これはまたホーソーンが独立革命に「暴徒の暴力」Mob violence[20]を見ようとしたことと深く関係する。

それでも過去に侵入する作者の姿勢は変わらない。作品論とはべつにして、この期の作者から後年の伝記に想像をくわえれば、故郷をはなれた経緯はそれぞれ異なるけれども、政変がきっかけでセイレムの税関をくびになり、モール通りの家に閉じこもって激しいいきどおりをもっての意味「税関」を書き、いわば喧嘩をして故郷セイレムをはなれていったホーソーンの姿は、その意味の広がりと規模はちがうとはいえ、政治に翻弄される人生の営為という意味で、暴徒に家を襲われ、土地の政治家にも反対されて、ついには故郷ボストンをはなれて二度と帰れなくなり、ロンドンに骨を埋めたトーマス・ハッチンソンの像と重なるのである。

第11章 作者の顔

長編作品の「まえがき」

『トワイス・トールド・テールズ』の「まえがき」でホーソーンは自分のことを「穏やかで、はにかみ屋で、優しくて、憂鬱で、極端に敏感で、あまり無理じいをしない男で、人間的にも文学的にもその性格を表わしているとどういうわけか思われている変わった偽名を使って恥じらいを隠している人間」[1]というふうに読者に紹介している。この「まえがき」は一八五一年一月十一日の日付が入っているので、現在の読者が知っている一八四二年の『トワイス・トールド・テールズ』出版から九年はたっている。一八三九年の『優しい少年』の「まえがき」に始まって、ホーソーンは自己の作品を読者の前にさらすときに、いつも言い訳とも思えるような「まえがき」を書くようになっている。これらの「まえがき」を書かれた順を追って読むと、作者の意識の奥に、あえて言えば、なにかを弁解しようとしているように受けとめられる心理があるように感じられる。どこか仮面をかぶり、顔を隠したがる性向の裏に、冷笑的になっている姿が見えるように思えることがある。いきり立っているとまでは言えないかもしれないが、書かれた作品が読者に与えるであろう印象を心配し、なにかしらの弁明をしなくてはならないと、せきたてられているように思っている作者がいるように感じられる。[2]「古い牧師館」を文体にまで及んで分析するムーアは、このような作者像の動きをとらえて「透明なカーテンの背後で上品に身をかわすゲーム」[3]と呼んでいる。ホーソーンの「はにかみ」を構造的に理解しようとするデイヴィスは、ロマンスとノヴェルを定義した『七破風の家』の「まえがき」を「皮肉な自己様式化の傑作」と呼び、「しばしば語ると同じくらいに隠すという念入りな仮面として機能しているところがある」と言っている。[4]

作者が自分の作品をロマンス（a Romance）であると言うとき、小説（a Novel）を書いていると言うときには持たないような方法と素材を使うことに、かなり自由であると主張したいのは当然である。小説は、ありうる、いかにもありそうな通常の人間の経験の道をこと細かに描こうとすることであり、ロマンスのほうは、芸術作品として厳格に規則に従わなければならないし、人間の心の真実から逸脱するかもしれないので、許しがたい罪を犯すことになるが、作者自身の大いなる選択または創造のもとに、人間の心の真実というものを書き表わすことができる。また作者が適当だと考えれば、周辺の情景をあやつって、光を出したり和らげたり、その情景全体の陰影を深めたり濃くしたりできるのである。作者は巧妙にも、いま述べたような特権を適度に利用し、読者に差し出す料理の中身というよりは、かすかで繊細で、わずかのあいだに消えていくような風味として、不思議なものを混ぜあわせるということをやってのけるだろう。だからといって、もしも作者が、この慎みを欠いたとしても、文学上の犯罪をおかしたことにはならないだろう。[5]

この定義のなかでホーソーンが弁明しようとしているらしい核心は「作者自身の大いなる選択または創造」にあるように思われる。ここにホーソーンがロマンスにこだわる理由があるとすれば、「作者自身の大いなる選択または創造」とはなにかが問われることになる。そして、これに答えるには短編と長編をすべて含んだ作品の考察が必要になる。[6] ここにホーソーンが言う小説の概念は、英国に始まる小説のそれであって、ホーソーンのねらいは、おそらくリーヴィス夫人の言う「社会喜劇と感傷的通俗劇からなる英国小説家の伝統をしりぞけ」て、「実験的に」「非自然主義的形式を見つける」[7] ことだった。

長編だけを見ても『緋文字』の「税関」[8] をはじめとして、『七破風の家』、『ブライズデイル・

ロマンス』、『大理石の牧羊神』には、それぞれ「まえがき」があり、そこでは作者が読者に、なにがしかの作者が語らなければならないものを語っているように見受けられ、これがロマンスの定義とひとつになっている。なぜなら、おなじく『緋文字』をはじめとして、表題あるいは「まえがき」に、いずれもみなロマンスという文字が刻まれているので、ホーソーンはあたかも、これもロマンスですよ、これもロマンスですよ、と読者に言って聞かせているように見えるからである。

制作された作品群とはべつに、ホーソーンには「まえがき」にだけ書き出された顔がある。作品をまえにして読者とその社会に語りかけるこの顔は、ミリントンの言う「語りの権威」[9] そのものを構成している。一八五〇年の『緋文字』の成功で、ホーソーンはその第二版に「まえがき」を書いた。そのなかでホーソーンは、彼の周辺に物議をかもしだした「税関」をすこしも変えないと表明している。『トワイス・トールド・テールズ』の「まえがき」が書かれたのは、このあとである。この「まえがき」には、世間の声には動じなかった一途な性格と、工房としての「陰鬱な部屋」の経験が、もはや隠す必要もないまま、矜持をもってつづられているように思われる。

グッドリッチと同じように早いころからホーソーンの作品の発表と関係していたパーク・ベンジャミンが、一八三八年に『アメリカン・マンスリー・マガジン』に『トワイス・トールド・テールズ』の書評を載せた。そのなかに、つぎのような表現がある。

正しく読むためには、彼（の作品）はそれなりの気分で、それにふさわしい時間に読まれなければならない。急いで取り上げて成り行きにまかせて読むと、彼を不当にあつかうことになる。

彼（の作品）は夏の夕べの聖なる静けさのなかか、光り輝く秋の朝の瞑想的な快活さのなかで読まれるべきである。そうして読むことによって、われわれはこの本と作者に魅了されるだろう。[10]

ホーソーンが一八五一年の「まえがき」に書いたのはあきらかに、これに呼応している。

この本から読者がなにかを読み取ろうとするならば、この本が書かれたときの澄みきった、とび色の薄明かりのなかで読む必要がある。日の光のなかで開くと、まるでなにも書いてない本のように見えるおそれがある。[11]

孤立した一つの生は、それ自体が重く、他の生とは比べにくく、類似をこばみ、独自の自由の世界で活動する。われわれ読者は限定的であるとはいいながら、この「まえがき」という独自の形式に、作品そのものから遊離した作者の顔を見ることができる。ここには、ホーソーンの生涯をつうじて彼の人となりを考究したワーゲンクネヒトの言う「まさに非凡な自制心をもつ人間」[12]の姿が現われているように思われる。日付にこだわるならば、ホーソーンは、わずかの日をおいて『七破風の家』の「まえがき」を書いた。自分の書いた作品の性格について、自己の体験に拘泥し、その体験を交えてしか書かなかったホーソーンは、自己の作品を自分自身の判断で評価し、読者に向かって宣言したと言えるだろう。

この「まえがき」の顔は、「作者」the author という表現が定式化されることによって、より積極性をおびてきたもので、大学に入るまえに、将来は「作者」an Author となって生きたいと母親にほのめかした[13]ときの心情につながっているはずである。唯一独自の人生体験を記そうとする試みのなかで、特定の個性しか組み立てて表現することができなかった経験の累積が、「作者」となって出てきたものである。その語りは巧みであるけれども、巧みであればあるほど、この積極性は異彩をはなつ。一連のホーソーンの作品、あるいは作品群をまとめた書物の初めの部分の数行を読めば、この「作者」という表現の定式化に意味が隠されていることがあきらかになるだろう。それは、作品を制作した工房から出てきて、作品を作ろうとした動機と作品そのものに説明をくわえようとする積極性の表われである。[14] しかもなお「まえがき」には、作品に投影されている自画像が、あからさまな自画像になってほしくない、そうならないようにしようとする意志がはたらいているように見える。この点で、作品と「まえがき」の間にはあきらかに溝がある。ワシントン・アーヴィングが作品の冒頭にニッカーボッカー氏の存在を掲げたように、作品そのもののなかに作者に代わる架空の人物を登場させることだってできたはずであるのに、そうはならなかった。この「まえがき」の顔は、制作された作品から距離をおき、読者と作品の中間に立つ媒介としてはたらいている。[15]

子供たちのための読み物（『おじいさんの椅子』一八四〇、『昔の有名な人びと』一八四〇、『自由の木』一八四一、『子供たちのための伝記物語』一八四二）に書いた「まえがき」の顔は、子供に向かって語りかける優しい作者だった。これを第一期の「まえがき」の顔だとすると、第二期の顔は『古い牧師館の苔』の「まえがき」に相当する「古い牧師館」で死んだイギリス兵のことを語り、「税関」で税関の役人を語り、『トワイス・トールド・テールズ』の「まえがき」で陰欝な部屋の悪寒を語り、『七破風の家』の「まえがき」でロマンスの何であるかを語っている。そしてホレイショ・ブリッジに手紙形式で語りかける『雪人形・その他のトワイス・トールド・テールズ』の「まえがき」では、「作者」が消えて、実名のナサニエル・ホーソーンが顔を出す。自信のないホーソーンを励まして『トワイス・トールド・テールズ』の出版を助けた親友に感謝を述べる書き出しの顔は、批評家と読者一般にたいして、いちだんと辛辣になっている。

どうにも意地の悪い批評家のなかには、本の中身に読者を導くのにはいいのかなと思って書いた「まえがき」や「まえおき」を読んで、きみの友人は自己中心的で、分別がなくて、生意気なやつだと言ってきた人がいるようだ。わたしは二つの理由で、この非難の正当性に全面的には賛成できない。ひとつは、読者のほうは一般に、あとにつづく物語よりは、これらの「まえおき」のほうに興味があるらしいことを示すことによって、作者のがわの行き過ぎた自由の考えを否定してきたからであり、うわべはどんなに親しそうにしようとも、まったく無関心な人なら知らなかったであろうし、わたしのほうは、ひどい敵に知ってほしいなどとはまったく思わなかったわたし自身について明らかにしないようにと、とくに気をつかってきたからである。若いころから、読者一般に聞かれないように、ごく限られた親しい読者にだけ語りかけてきたのだし、まったく知らない読者も入りこんできたかもしれないけれども、こうして身につけた習慣は申し訳ないが続くだろうと思っている。[16]

ロマンスとしては最後の作品となる『大理石の牧羊神』では、自分が書いてきた「まえがき」の歴史をふりかえって読者に語っている。

このロマンスの作者が前に読者に姿を現わしたのは七年か八年まえのことだった（いずれに

しても、あまり長い年なので正確には覚えてはいない)。作者は同じような「まえがき」をつけて、つたない本の一つ一つを紹介する習わしにしていた。これは名前の上では読者一般に向けられたものであるけれども、じっさいには、もっと広い自由を行使してもいいと思えるような人に向けて書かれたものである。作者が目指したのは、読者一般よりも作者の目的を理解し、作者の成功を感謝し、作者の欠点にも思いやりがあり、あらゆる点で実の兄弟よりも親しくて優しい、気心の知れた友人、つまり、作者はじっさいに会ったことはないが、最良の仕事をなしたと思うときはいつでも暗黙のうちに呼びかけ訴えることができる、共鳴、同感してくれる批評家のことである。

「まえがき」の伝統的な書き方では、この親切な批評家のことを「優しい読者」「寛大な読者」「最愛のみなさん」「思いやりのあるみなさん」などと呼び、いちばんよそよそしい場合でも、「尊敬するみなさん」と呼びかけて、好意的に受け入れられるであろうと確信しながら、きちょうめんな昔の作者は前置きの説明と弁明を行なったものだった。この読者がもっているであろう喜ばしくて望ましいものの代表的なものと出会ったとか、手紙をやりとりしたとかということはわたしにはなかった。幸いなことに、わたしは読者をただ不可解な人間だと決めつけることはしなかった。読者はたしかにいると、いつもかたく信じていたし、読者の大いなる目が、(まさしくまた)徹底して、わたしのささやかな作品を監視しているあいだは、ずっとわたしは読者のために書いてきた。[17]

ここにもまたロマンスが顔を出す。ロマンスとノヴェルを規定し、自分はロマンス作家であると宣言した「作者」は、「もっと広い自由を行使」することを認めない読者にたいして、厳しい姿勢で臨んでいる。このロマンスと作者と読者への呼びかけが一体となっている作者の言い分を読めば、読者はいやがおうにも作者の言うことに従わなければならないようになっていることを知るだろう。

引用した文章はさらにつづいている。そして、創作された作品につけられた「まえがき」の歴史は、この「まえがき」をもって終わっている。死の一年と少しまえに書かれた『われらの故国』の「まえがき」に相当する「ある友人へ」と題された文章は、奴隷制度廃止に反対の態度を示して不人気だったフランクリン・ピアスに献じられたものである。ロングフェローやエマソンの意にさからい、出版人フィールズの忠告とソファイアの姉のエリザベスの忠告を押し切ってまで友情を守ったのである[18] したがって、ピアスに捧げられた献辞も、「作者の顔」に見せるホーソーンの姿にちがいないのである。

注

第1章　語り手

1　Hawthorne, Julian, *Nathaniel Hawthorne and His Wife: A Biography*, 2vols. reprinted ed.（Archon Books, 1968）, vol. I, p. 124.

2　Crowley, J. Donald, “Introduction,” Crowley, J. Donald, ed., *Hawthorne: The Critical Heritage*（London: Routledge & Kegan Paul, 1970）, p. 14.

3　Crowley, J. Donald, ed., *Hawthorne: The Critical Heritage*（Routledge & Kegan Paul, 1970）, p. 41.

4　Gorman, Herbert, *Hawthorne: A Study in Solitude*, reprinted ed.（New York: Biblo and Tannen, 1966）, p. 44.

5　キャントウェルはボードンではなくダートマスではないかと推測している。Cantwell, Robert, *Nathaniel Hawthorne: The American Years*, reprinted ed.（New York: Octagon Books, 1971）, p. 119.『ファンショー』における風景と地形の描写については、つぎの書を参照。Luedtke, Luther S., *Nathaniel Hawthorne and the Romance of the Orient*（Bloomington and Indianapolis, Indiana: Indiana University Press, 1989）, pp. 80-87.

6　Crowley, *Hawthorne: The Critical Heritage*, p. 47. Hawthorne, Nathaniel, *The Letters 1843-1853*, The Centenary Edition of the Works of Nathaniel Hawthorne, vol. XVI（Ohio State Univ. Press, 1985）, pp. 382-384. ＊ホーソーンの作品の引用はすべてこの The Centenary Edition によるものとし、以下、書名と頁数のみを記した。なお作品と巻数および発行年については巻末の「引用・参考文献」に掲げた。

7　Stearns, Frank Preston, *The Life and Genius of Nathaniel Hawthorne*（Philadelphia: J. B. Lippincott Company, 1906）, pp. 80-81.

8　Mather, Edward, *Nathaniel Hawthorne: A Modest Man*, reprinted ed.（Westport, Connecticut: Greenwood Press, Publishers, 1970）, pp. 49-50.

9　Tharpe, Jac, *Nathaniel Hawthorne: Identity and Knowledge*（Carbondale and Edwardsville: Southern Illinois University Press, 1967）, p. 26.

10　「作者の顔」の注5を参照。

11　Hawthorne, *Nathaniel Hawthorne and His Wife*, vol. I, p. 124. ホーソーンがなぜ『ファンショー』をノヴェルと呼び、後年になってロマンス作家であることにこだわったかについては、ドーバーの研究が参考になる。ドーバーは "The Blithedale Novel" という章を立てて『ブライズデイル・ロマンス』を論じるなかで、作品は読者と作者が結ばれることによって成り立つものであって、ロマンスは読者と作者が現前する（presence）、すなわち居合わせることによって活気づけられる動的なものであると位置づけている。Dauber, Kenneth, *Rediscovering Hawthorne*（Princeton, New Jersey: Princeton Univ. Press, 1977）, pp. 174-176.「作者の現前」については「バーのある部屋」の注15を参照。

12　*The House of the Seven Gables*, p. 1.「作者の顔」の章を参照。

13　Cohen, B. Bernard, ed., *The Recognition of Nathaniel Hawthorne*（Ann Arbor: The University of Michigan Press, 1969）, pp. 3-4. Idol, John L., Jr. & Buford Jones, ed., *Nathaniel Hawthorne: The Contemporary Review*（Cambridge University Press, 1994）, pp. 3-7. Crowley, *Hawthorne: The Critical Heritage*, pp. 41-46. Pearce, Roy Harvey, "Introduction to *Fanshawe*," *The Blithedale Romance and Fanshawe*, pp. 303-305.

14　*The Blithedale Romance and Fanshawe*, p. 460.

15　仮に反省があったとすれば、ホーソーンはドーバーの言う「親密さ［深い理解］intimacy を生み出す媒体［乗り物］としての作品」を創造する岐路に立ったことになる。Dauber, *Rediscovering Hawthorne*, p. 9.「作者の顔」の注8を参照。

16 *The Blithedale Romance and Fanshawe*, p. 459.

17 Woodberry, George E., *Nathaniel Hawthorne*, republished ed.（Book Tower, Detroit: Gale Research Company, 1967）, p. 26. *The Blithedale Romance and Fanshawe*, p. 350.

18 マンコールは、本の虫（book worms）に性的自慰行為（masturbation）をかさね、当時の文人と宗教家に対する社会的風潮を巻きこみながら、ホーソーンは『ファンショー』で女性的で弱々しい（feminine and weak）芸術家ではなくて、英雄的な征服者、すなわち知的英雄としての男性作家（the male author）を再構築しようとしたのだと論じている。この作品をホーソーンが嫌った理由も「知的英雄」を創造することに失敗したからではないかと推測している。しかし、もっと重要なのは、作家として世に立とうとするホーソーンがマニング家の心配を考慮して書いたのではないかという指摘である。Mancall, James N., *Thoughts Painfully Intense: Hawthorne and the Invalid Author*（New York: Routledge, 2002）, pp. 13-28.

19 作品の構成と筋の進行を語り手の位相という視点からとらえて、芸術上の技巧と作品の評価を分析する立場がある。とくに『ファンショー』以後の作品で、評価の差の著しい作品を分析するときに、読者には曖昧にしか思われないものが、語り手の変化と移動による作者の積極的な作品に託す意図として評価される。なにかが明確に提示されるのではなくて、打ち消される形で提示される（negative allegory, negative romance, negative suggestion, etc.）。これにはトンプソンの優れた分析がある。Thompson, G. R. *The Art of Authorial Presence: Hawthorne's Provincial Tales*. Durham and London: Duke University Press. 1993. 同じく初期の短編における創作上の工夫も含めた語り手の多様な位相については、ムーアの分析も詳しい。Moore, Thomas R. *A Thick and Darksome Veil: The Rhetoric of Hawthorne's Sketches, Preface, and Essays*. Boston: Northeastern University Press, 1994. 同じく「バーのある部屋」の注15、16を参照。

第2章　変形への躊躇

1　なぜ収録されなかったかについては「感傷と共感」の注10を参照。

2　Arvin, Newton, *Hawthorne*, republished ed.（New York: Russell & Russell, 1961）, p. 58.

3　十九世紀アメリカの宗教的完全主義からの逸脱という意味で、ジョンソンはこれを歪曲（distortion）という語で表現している。Johnson, Claudia D., *The Productive Tension of Hawthorne's Art*（Alabama: The University of Alabama Press, 1981）, pp. 9-45. なお、歪曲（distortion）の概念が適用されるときは批評が立つ位置によって異なることは当然である。Dauber, *Rediscovering Hawthorne*, pp. 16, 170, 225. 歴史と事実から虚構としての芸術作品を編み出したところにホーソーンの真価を見るテイラーは、ピューリタニズムの変形・変質（transmute, transmutations）という表現を用いている。Taylor, J. Golden, *Hawthorne's Ambivalence Toward Puritanism*（Logan, Utah: Utah State University Press, 1965）, pp. 13-20.

4　Newman, Lea Bertani Vozar, *A Reader's Guide to the Short Stories of Nathaniel Hawthorne*（Boston, Mass.: G. K. Hall & Co., 1979）, p. 189.

5　Hoffman, Daniel G., "'The Maypole of Merry Mount' and the Folklore of Love," Bloom, Harold, ed., *Modern Critical Review: Nathaniel Hawthorne*（New York: Chelsea House Publishers, 1986）, p. 43.

6　*Twice-Told Tales*, p. 54.

7　*Twice-Told Tales*, p. 63.

8　Shurtleff, Nathaniel B., *A Topographical and Historical Description of Boston*（Boston: Rockwell and Churchill, City Printers, published by Order of the City Council, 1890）, pp. 24, 25, 294-296, 391, 503-504, 616. Newberry, Frederick, *Hawthorne's Divided Loyalties: England and America in His Works*（Cranbury, NJ: Associated University Presses, Inc., 1987）, p. 30.

9　Taylor, *Hawthorne's Ambivalence Toward Puritanism*, p. 33.

10 Davis, William T., ed., *Bradford's History of Plymouth Plantation 1606-1646* (New York: Charles Scribner's Sons, 1908), pp. 236-243.

11 Adams, Charles Francis, Jr. *New English Canaan of Thomas Morton with Introductory Matters and Notes*. Reprinted ed. New York: Burt Franklin, 1967. なおこの本に使われているモートンの原本の出版年は一六三七年で、オランダのアムステルダムで印刷されている。

12 Newman, *A Reader's Guide to the Short Stories of Nathaniel Hawthorne*, p. 190. Bell, Michael Davitt, *Hawthorne and the Historical Romance of New England* (New Jersey: Princeton University Press, 1971), p. 91.

13 初期の短編で、アメリカのピューリタン文化の歴史の中に一貫してモラルを考えたホーソーンを見ようとするコラカーチオは、こまかい考察と長い論述の中で、ブラックストーンがトーマス・モートンの身代わりである可能性を示している。Colacurcio, Michael J., *The Province of Piety: Moral History in Hawthorne's Early Tales* (Cambridge, Massachusetts: Harvard University Press, 1984), p. 262.

14 同じく背景にある歴史的事実と作品との関係についてはテイラーの研究がある。Taylor, *Hawthorne's Ambivalence Toward Puritanism*, pp. 25-35.

15 *Twice-Told Tales*, p. 54.

16 .つぎの書に五月祭についての詳しい記事がある。チャールズ・カイトリー著、澁谷勉訳『イギリス祭事・民俗事典』大修館書店、一九九二年、pp. 240-247.

17 *Twice-Told Tales*, pp. 66-67.

18 Newman, *A Reader's Guide to the Short Stories of Nathaniel Hawthorne*, pp. 271-282.

19 大森荘蔵『時は流れず』青土社、一九九六年、pp. 77-102.

20 ホッブズ著、水田洋訳『リヴァイアサン（二）』（岩波文庫）、岩波書店、二〇〇四年、p. 172.

21 Erlich, Gloria C., *Family Themes and Hawthorne's Fiction: The Tenacious Web* (New Brunswick: Rutgers University

Press, 1986), pp. 112-128.

22 *Mosses from an Old Manse*, pp. 344-346.

23 *Mosses from an Old Manse*, p. 348.

24 *Mosses from an Old Manse*, p. 360.

25 Millington, Richard H., *Practicing Romance: Narrative Form and Cultural Engagement in Hawthorne's Fiction* (Princeton, New Jersey: Princeton University Press, 1992), p. 18.

26 つぎの書に、旧約とアメリカ植民地の歴史を援用した「ロジャー・マルヴィンの埋葬」の詳細な分析がある。Colacurcio, *The Province of Piety: Moral History in Hawthorne's Early Tales*, pp. 107-130.

27 *The Snow-Image and Uncollected Tales*, p. 209.

28 Chandler, Elizabeth Lathrop, *A Study of the Sources of the Tales and Romances Written by Nathaniel Hawthorne Before 1853*, reprinted ed. (Folcroft: The Folcroft Press, 1969), p. 55.

29 一七三三年の「糖蜜法」成立に対する植民地側の抵抗を示唆しているとする見方がある。Colacurcio, *The Province of Piety: Moral History in Hawthorne's Early Tales*, pp. 137, 565 (notes).

30 トーマス・ハッチンソンについては「バーのある部屋」の章を参照。ハッチンソンの邸宅が暴徒に襲われた様子については、ホーソーン自身が『おじいさんの椅子』"Grandfather's Chair" の中の 'The Hutchinson Mob' の項で情感的に描いている。*True Stories from History and Biography*, pp. 154-159. ホーソーンが群衆に賛同しないことは研究者によって指摘されている。群衆の行動に難色を示している作者という論点をおしすすめると、アメリカ独立革命の評価という歴史および現代の問題につながっていく。Shaw, Peter, "Fathers, Sons, and the Ambiguities of Revolution in 'My Kinsman, Major Molineux,'" Von Frank, Albert J., *Critical Essays on Hawthorne's Short Stories* (Boston, Massachusetts: G. K. Hall & Co., 1991), pp. 110-123. つぎの論文で「ぼくの親戚、モリヌー少佐」を『トワイス・トールド・テールズ』にも『古い牧師館の苔』にも収録しなかった理由を示唆して、ホーソーンが作品のもつ非愛国的批判を気遣ったのかもしれないとしている見方も、論者は深入りしないだけで同じ問題点を視野に入れている。Leverenz, David, "Historicizing Hell in Hawthorne's Tales," Bell, Millicent, ed., *New Essays on Hawthorne's Major Tales* (New York: Cambridge University Press, 1993), p. 110.

31 *The Snow-Image and Uncollected Tales*, p. 209.

32 Newman, *A Reader's Guide to the Short Stories of Nathaniel Hawthorne*, pp. 217-230.

33 つぎの書では、描かれた状況と騒乱の歴史を照らし合わせながら、作品の中で暴徒の列が進んだであろう道を固定している。Colacurcio, *The Province of Piety: Moral History in Hawthorne's Early Tales*, pp. 147, 569 (notes).

34 *The Snow-Image and Uncollected Tales*, p. 210. 墓の言及については「素材の呪縛」の章を参照。

35 *The Snow-Image and Uncollected Tales*, p. 211.

36 *The Snow-Image and Uncollected Tales*, p. 229.

37 *The Snow-Image and Uncollected Tales*, p. 229.

38 *The Snow-Image and Uncollected Tales*, p. 229.

39 Millington, *Practicing Romance: Narrative Form and Cultural Engagement in Hawthorne's Fiction*, pp. 40-41.

40 Mather, Cotton. *Cotton Mather: Historical Writings*. Sacvan Bercovitch, series ed., A Library of American Puritan Writings: The Seventeenth Century, vol. 23. Reprinted ed. New York: AMS Press Inc., 1991. この書は写真版で頁数が記されていない。その大半は"Memorable Providences, Relating to Witchcrafts and Possessions"で占められている。

41 この作品もまたホーソーンとピューリタン文化におけるモラル・ヒストリーの関係を分析する格好の対象となっている。この分析の中でコラカーチオは「初期の優れた作品の大部分はピューリタン精神との真正で創造的な出会いから直接生まれた」と考察している。Colacurcio, *The Province of Piety: Moral History in Hawthorne's Early Tales*, p. 305.

42 *Mosses from an Old Manse*, p. 74.

43 *Mosses from an Old Manse*, p. 74.

44 *Mosses from an Old Manse*, p. 75.

45 *Mosses from an Old Manse*, p. 85.

46 Gollin, Rita K., *Nathaniel Hawthorne and the Truth of Dreams* (Baton Rouge: Louisiana State University Press, 1979), p. 136.

47 Bunge, Nancy, *Nathaniel Hawthorne: A Study of the Short Fiction* (New York: Twayne Publishers, 1993), p. 14.

48 Fogle, Richard H., "Ambiguity and Clarity in Hawthorne's 'Young Goodman Brown,'" Donohue, Agnes McNeill, ed., *A Casebook on the Hawthorne Question* (New York: Thomas Y. Crowell Company, 1966), pp. 208, 211.

49 Hardt, John S., "Doubts in the American Garden: Three Cases of Paradisal Skepticism," Bloom, Harold, ed., *Bloom's Modern Critical Interpretations: Nathaniel Hawthorne's Young Goodman Brown* (Philadelphia: Chelsea House Publishers, 2005), pp. 33-44.

50 Jayne, Edward, "Pray Tarry With Me Young Goodman Brown," Bloom, *Bloom's Modern Critical Interpretations: Nathaniel Hawthorne's Young Goodman Brown*, pp. 117-133.

51 Bromwich, David, "The American Psychosis," Bloom, *Bloom's Modern Critical Interpretations: Nathaniel Hawthorne's Young Goodman Brown*, p. 154.

第3章　呪われた原稿

1 *The Snow- Image and Uncollected Tales*, p. 172.

2 *The Snow- Image and Uncollected Tales*, p. 171.

3 *The Snow- Image and Uncollected Tales*, p. 173.

4 *The Snow- Image and Uncollected Tales*, p. 171.

5　*The Snow- Image and Uncollected Tales*, p. 174.

6　*The Snow- Image and Uncollected Tales*, p. 175.

7　*The Snow- Image and Uncollected Tales*, p. 175.

8　Clark, C. E. Frazer, Jr., *Nathaniel Hawthorne: A Descriptive Bibliography*（Pittsburgh, Pa: Univ. of Pittsburgh Press, 1978）, pp. 196-197, 415.

9　*Twice-Told Tales*, p. 3.

10　*Twice-Told Tales*, pp. 3-4.

11　*Twice-Told Tales*, p. 5.

12　Bridge, Horatio, *Personal Recollection of Nathaniel Hawthorne*, reprinted ed.（New York: Haskell House Publishers Ltd., 1968）, p. 49.

13　Dauber, *Rediscovering Hawthorne*, pp. 56-60.

14　Tharpe, *Nathaniel Hawthorne: Identity and Knowledge*, pp.25-39. サープはこの書の中で「語りの仮面」The Narrative Masks という一章をもうけ、作者ホーソーンと芸術家ホーソーンとの間にくさびを入れて、超然（detachment）とした姿勢（pose）をとる語りを浮かび上がらせている。この分析では『ファンショー』の語り手とオベロンの友人は同じ語りの仮面であることが示唆されている。

15　*The Snow- Image and Uncollected Tales*, p. 173.

16　*Twice-Told Tales*, p. 4.

17　Newman, *A Reader's Guide to the Short Stories of Nathaniel Hawthorne*, p. 126.

18　Chandler, *A Study of the Sources of the Tales and Romances Written by Nathaniel Hawthorne Before 1853*, p. 58. Newman, *A Reader's Guide to the Short Stories of Nathaniel Hawthorne*, p. 125.

19　*The Snow- Image and Uncollected Tales*, p. 312.

20　*Twice-Told Tales*, p. 6.
21　*Twice-Told Tales*, p. 6.
22　*True Stories from History and Biography*, p. 236.

第4章　感傷と共感

1　その原因はボードン大学在学中の経験にあったらしい。Frederick, John T., *The Darkened Sky: Nineteenth-Century American Novelists and Religion*（Notre Dame, Indiana: University of Notre Dame Press, 1969）, pp. 34-35. 成人するまでの宗教的環境については、つぎの書が詳しい。Moore, Margaret B., *The Salem World of Nathaniel Hawthorne*（Columbia, Missouri: University of Missouri Press, 1998）, pp. 102-122.
2　*Twice-Told Tales*, p. 21.
3　語りと描写の位相を作者の芸術的意図にもとづく技巧として理解する立場がある。この立場に立つと、すべては「語りの技巧・説得力（narrative authority）」に収斂され、作者ホーソーンの実在は止揚されたままになる。この語りの構造は、ホーソーンが長いこと実名で作品を発表しなかったことと結びつけると、より示唆的である。Cf. Dunne, Michael. *Hawthorne's Narrative Strategies*. Jackson: the University Press of Mississippi, 1995.
4　削除と修正については、つぎの論文が詳しい。Gross, Seymour, "Hawthorne's Revision of 'The Gentle Boy,'" Donohue, *A Casebook on the Hawthorne Question*, pp. 146-158.
5　Stearns, *The Life and Genius of Nathaniel Hawthorne*, p. 89.
6　〈一八四二年までの初出短編作者名一覧〉

作品名（初出年）	作者名表記
「戦いの前触れ」（一八三〇）	なし
「三つの丘に囲まれた窪地」（一八三〇）	なし

「ある老女の物語」（一八三〇）	なし
「尖塔からの眺め」（一八三一）	なし
「いかがわしい医者」（一八三一）	Joseph Nicholson
「死者たちの妻」（一八三一）	なし
「ぼくの親戚、モリヌー少佐」（一八三一）	「尖塔からの眺め」の作者
「ロジャー・マルヴィンの埋葬」（一八三一）	なし
「優しい少年」（一八三一）	なし
「七人の放浪者」（一八三二）	「優しい少年」の作者
「カンタベリーの巡礼」（一八三二）	「優しい少年」の作者
「断念された作品から」（一八三四）	なし
「ヒギンボタム氏の災難」（一八三四）	なし
「幻の出没する心」（一八三四）	「尖塔からの眺め」の作者
「アリス・ドーンの訴え」（一八三四）	「優しい少年」の作者
「村のおじさん」（一八三四）	なし
「小さいアニーの散歩」（一八三四）	「優しい少年」の作者
「白髪の戦士」（一八三五）	「優しい少年」の作者
「ナイアガラ訪問」（一八三五）	「白髪の戦士」の作者
「古いニュース」（一八三五）	なし
「ヤング・グッドマン・ブラウン」（一八三五）	「白髪の戦士」の作者
「ウェイクフィールド」（一八三五）	「白髪の戦士」の作者
「大望を抱く客」（一八三五）	「白髪の戦士」の作者

「墓と妖怪」（一八三五）	なし
「町の水道のおしゃべり」（一八三五）	なし
「白衣の老婆」（一八三五）	「白髪の戦士」の作者
「泉の幻」（一八三五）	「白髪の戦士」の作者
「原稿の中の悪魔」（一八三五）	Ashley A. Royce
「記憶からのスケッチ」（一八三五）	a Pedestrian
「結婚式に鳴る弔いの鐘」（一八三五）	「尖塔からの眺め」の作者
「メリー・マウントの五月柱」（一八三五）	「優しい少年」の作者
「牧師の黒いヴェイル」（一八三五）	「尖塔からの眺め」の作者
「古いタイコンデローガ」（一八三六）	なし
「気象予報官訪問」（一八三六）	なし
「ぼくの影氏」（一八三六）	「尖塔からの眺め」の作者
「ブルフロッグ夫人」（一八三六）	「死者たちの妻」の作者
「我が家の日曜日」（一八三六）	「優しい少年」の作者
「心の硬い男」（一八三六）	「優しい少年」の作者
「デイヴィッド・スウォン」（一八三六）	なし
「巨大な紅水晶」（一八三六）	「結婚式に鳴る弔いの鐘」の作者
「空想の箱めがね」（一八三六）	なし
「予言の肖像画」（一八三六）	なし
「ハイデッガー博士の実験」（一八三七）	なし
「ある鐘の伝記」（一八三七）	『トワイス・トールド・テールズ』「泉の幻」その他の作者

「孤独な男の日記の断片」（一八三七）	なし
「エドワード・フェインの薔薇の蕾」（一八三七）	なし
「通行料金徴収人の一日」（一八三七）	『トワイス・トールド・テールズ』の作者
「妖精エサレッジ」（一八三七）	なし
「ピーター・ゴールドスウェイトの財宝」（一八三七）	『トワイス・トールド・テールズ』の作者
「エンディコットと赤い十字の国旗」（一八三七）	なし
「夜の点描」（一八三七）	なし
「シェーカー教徒の婚礼」（一八三七）	なし
「海辺の足跡」（一八三八）	『トワイス・トールド・テールズ』の作者
「時の肖像」（一八三八）	なし
「雪舞」（一八三八）	『トワイス・トールド・テールズ』の作者
「三つの運命」（一八三八）	Ashley Allen. Royce
「ハウ総督の仮面舞踏会」（一八三八）	『トワイス・トールド・テールズ』の作者
「エドワード・ランドルフの肖像画」（一八三八）	『トワイス・トールド・テールズ』の作者
「鑿で彫る」（一八三八）	「白髪の戦士」の作者
「エリナ嬢のマント」（一八三八）	Nathaniel Hawthorne
「老嬢エスター・ダッドリー」（一八三九）	Nathaniel Hawthorne
「年の瀬の対話」（一八三九）	なし
「リリーの探求」（一八三九）	Nathaniel Hawthorne
「ジョン・イングルフィールドの感謝祭」（一八四〇）	Rev. A. A. Royce
「骨董品収集家のコレクション」（一八四二）	Nathaniel Hawthorne

＊ *Twice-Told Tales* の第二版は一八四二年に出版されているので、この表に表示されている *Twice-Told Tales* はすべて一八三七年版を意味することになる。

＊一覧表は Centenary Edition のそれぞれの “Bibliographical Information” を基礎にし、Newman の *A Reader's Guide* と Von Frank の *Critical Essays*, pp. 245-250. の二書を参照して作成した。初出年が異なる理由のほとんどは、じっさいに作品が発表されるのが掲載誌の巻号の日付よりも早いからである。

＊一八三一年の「いかがわしい医者」については、ホーソーンがナイアガラに旅行した年と作品の技巧の二つの点でホーソーンの作品であるかどうかが疑われている。Moore, Thomas R., *A Thick and Darksome Veil: The Rhetoric of Hawthorne's Sketches, Preface, and Essays*, pp. 62-65. なおチャンドラーはこの作品の発表年からナイアガラ旅行の年を推定している。Chandler, *A Study of the Sources of the Tales and Romances Written by Nathaniel Hawthorne Before 1853*. p. 14.

なお、「感傷 sentiment と共感 sympathy――ホーソーンのもう一つの〈まえがき〉」（『PHOEBUS』第10号、法政英語英米文学研究会、平成二十二年）の注に同じ一覧表を掲載したが、その後 Centenary Edition XI, *The Snow Image and Uncollected Tales* の “Chronological List”（pp. 483-487）に従って並べ替えたので、作品の順序が前のものとは少し異なっている。

7　Conway, Moncure D., *Life of Nathaniel Hawthorne*, reprinted ed.（New York: Haskell House Publisher's Ltd., 1968）, pp. 44, 55.

8　Erlich, *Family Themes and Hawthorne's Fiction: The Tenacious Web*, pp. 58, 60.

9　Stewart, Randall, *Nathaniel Hawthorne: A Biography*（Archon Books, 1970）, p. 31. Hoeltje, Hubert H., *Inward Sky: The Mind and Heart of Nathaniel Hawthorne*（Durham: Duke Univ. Press, 1962）, pp. 109-110. Mellow, James R., *Nathaniel Hawthorne in His Times*（Boston: Houghton Mifflin Company, 1980）, pp. 70-71. *The Letters, 1813-1843*, p. 222.

10 ホーソーンは『トワイス・トールド・テールズ』に収録する作品を選定するにあたって、これら初期に書かれた虚構性の高い作品をさけ、読者に受け入れられやすい作品を選んだのだというベイムの緻密な分析がある。ベイムは「孤立時代」のホーソーンに創作のうえでの変化があったと推定し、社会的仮面（a social persona）を身につけて、控えめな作者（a modest man）を演出していったにちがいないと推論する。Baym, Nina, *The Shape of Hawthorne's Career* (Ithaca, New York: Cornell University Press, 1976), pp. 52, 53-83.

11 Moore, Margaret B., *The Salem World of Nathaniel Hawthorne*, p. 222.

12 Manning, John, "Bibliographical Information," *Twice-Told Tales*, pp. 567-568.

13 Crowley, *Hawthorne: The Critical Heritage*, p. 69.

14 Newman, *A Reader's Guide to the Short Stories of Nathaniel Hawthorne*, p. 132.

15 Baym, *The Shape of Hawthorne's Career*, p. 30. Person, Leland S., *The Cambridge Introduction to Nathaniel Hawthorne* (Cambridge University Press, 2007), p .41. Miller, Edwin Haviland, *Salem Is My Dwelling Place: A Life of Nathaniel Hawthorne* (Iowa City: University of Iowa Press, 1991), p. 43.

16 Doubleday, Neal Frank, *Hawthorne's Early Tales, A Critical Study* (Durham: Duke Univ. Press, 1972), p. 170.

17 Newberry, Frederick, "Hawthorne's 'Gentle Boy': Lost Mediators in Puritan History," Von Frank, *Critical Essays on Hawthorne's Short Stories*, p. 137.

18 Doubleday, *Hawthorne's Early Tales, A Critical Study*, p. 170.

19 初出の『トークン』に載った「優しい少年」にホーソーンは修正をくわえている。そのほとんどは部分的な削除であって、ピューリタンの迫害の過酷さとクエーカーの過激性に均衡をとるよう考えたのではないかという考証はあるが、ここで論ずる感傷性については問題にならないと思われる。Gross, Seymour, "Hawthorne's Revision of 'The Gentle Boy,'" Donohue, *Casebook on the Hawthorne Question*, pp. 146-158.

20 Phillips, James Duncan, *Salem in the Eighteen Century*, second printing (Salem, Massachusetts: Essex Institute, 1969), p.

vii.

21 Waggoner, Hyatt H., *Hawthorne: A Critical Study* (Cambridge: Harvard Univ. Press, 1967), pp. 64-67, 70. つぎの書に、ホーソーンが作品に託したであろう当時のピューリタニズムとクエーカーの神学上の問題が分析されている。Colacurcio, *The Province of Piety: Moral History in Hawthorne's Early Tales*, pp. 160-220.

22 この作品についても、作品の背景となる歴史的事実を考察したテイラーの研究がある。Taylor, *Hawthorne's Ambivalence Toward Puritanism*, pp. 36-58.

23 *The Snow-Image and Uncollected Tales*, p. 267. さきに挙げたトンプソン（「語り手」の注19）は「アリス・ドーンの訴え」をたんなる歴史上の事件をつづったものとしてではなくて、読者が通読して感得するよりもより包括的な構造と語りを内包している (metafictional, metastructure, metanarrative, etc.) 作品として詳細に分析している。Thompson, *The Art of Authorial Presence: Hawthorne's Provincial Tales*. pp. 150-201.

24 Loggins, Vernon, *The Hawthornes: The Story of Seven Generation of an American Family* (New York: Columbia University Press, 1951), pp. 56-65. Doubleday, *Hawthorne's Early Tales, A Critical Study*, pp. 159-160.

25 初期の植民地のクエーカーの活動については、つぎの書を参照。Pestana, Carla Gardina. *Quakers and Baptists in colonial Massachusetts*. New York: Cambridge University Press, 1991. アメリカにおけるクエーカーの歴史と現代にいたる活動については、つぎの書を参照。Hamm, Thomas D. *The Quakers in America*. New York: Columbia University Press, 2003.

26 Moore, Margaret B., *The Salem World of Nathaniel Hawthorne*, pp. 28-49.

27 Person, *The Cambridge Introduction to Nathaniel Hawthorne*, p. 41.

28 Turner, Arlin, *Nathaniel Hawthorne: An Introduction and Interpretation* (New York: Holt, 1961), pp. 13, 34, 100, 101.

29 Dryden, Edgar A., *Nathaniel Hawthorne: the Poetics of Enchantment* (Ithaca: Cornell University Press, 1977), pp. 19-35.

30 ホーソーンの作品に現われる悪魔の原型をメフィストフェレスであるとし、その系図をファウスト伝説に求めるスタインの研究がある。スタインは『ファンショー』の主人公ファンショーの性格にまでさかのぼって論を展開している。Stein, William Bysshe, *Hawthorne's Faust: A Study of the Devil Archetype*, reprinted ed.（Archon Books, 1968）, pp. 51-66.

31 「悪漢の精神」の注13、14を参照。

32 *Twice-Told Tales*, pp. 73, 85.

33 *Twice-Told Tales*, p. 131.

34 *Twice-Told Tales*, p. 149.

35 *Twice-Told Tales*, p. 276.

36 *Twice-Told Tales*, p. 280.

37 *Twice-Told Tales*, p. 415.

38 *Twice-Told Tales*, p. 424.

39 Moore, Margaret B., *The Salem World of Nathaniel Hawthorne*, pp. 222, 245-246.

40 *Twice-Told Tales*, p. 5.

41 Doubleday, *Hawthorne's Early Tales, A Critical Study*, p. 170.

第5章　悪漢の精神

1 *Twice-Told Tales*, pp. 225-226.

2 *Twice-Told Tales*, pp. 361-362.

3 Schiller, Andrew, "The Moment and the Endless Voyage: A Study of Hawthorne's 'Wakefield,'" Donohue, *A Casebook on the Hawthorne Question*, p. 112.

4 Waggoner, Hyatt H., "'Wakefield' : The Story Is the Meaning," Donohue, *Casebook on the Hawthorne Question*, pp. 116-

119.

5 *Twice-Told Tales*, pp. 134-135.

6 村松仙太郎「神話への回帰」『法政大学教養部紀要』第13号、昭和四十四年、pp. 15-43.

7 *Twice-Told Tales*, p. 134.

8 *Twice-Told Tales*, p. 192.

9 *Twice-Told Tales*, p. 131.

10 *Twice-Told Tales*, pp. 130-131.

11 *Twice-Told Tales*, pp. 136-137.

12 *Twice-Told Tales*, pp. 327-328.

13 Bell, Millicent, *Hawthorne's View of the Artist* (New York: the State University of New York, 1962), pp. 173, 179.

14 Stoehr, Taylor, *Hawthorne's Mad Scientists* (Hamden, Connecticut: Archon Books, 1978), p. 56.

15 *The American Notebooks*, p. 251.

16 *Twice-Told Tales*, p. 138.

17 Turner, *Nathaniel Hawthorne: An Introduction and Interpretation*, p. 106.

第6章　セイレムの私室

1 Stewart, *Nathaniel Hawthorne: A Biography*, pp. 27-44.

2 Manley, Seon, *Nathaniel Hawthorne: Captain of the Imagination* (New York: The Vanguard Press, Inc., 1968), p. 69.

3 Stearns, *The Life and Genius of Nathaniel Hawthorne*, p. 119.

4 *The Letters, 1813-1843*, p. 494.

5 Van Doren, Mark, *Nathaniel Hawthorne* (New York: The Viking Press, 1966), pp. 23-60.

6　原文は the Note-Books となっている。ジェイムズは his journals とも his Diaries とも、さらには the American Note-Books とも記している。「六巻の分冊で出版された」（*Hawthorne*, p. 32）という『アトランティック・マンスリー』シリーズを指すと思われる言及はあるが、ジェイムズが手にしたのは *Passages from the American Note-Books of Nathaniel Hawthorne* であると思われる。注34を参照。

7　James, Henry, *Hawthorne*（New York: Cornell Univ. Press, 1966）, pp. 21, 32.

8　Chandler, *A Study of the Sources of the Tales and Romances Written by Nathaniel Hawthorne Before 1853*, p. 2.

9　Van Doren, *Nathaniel Hawthorne*, p. 45-46.

10　Stewart, *Nathaniel Hawthorne: A Biography*, p. 37.

11　Waggoner, *Hawthorne: A Critical Study*, pp. 264-265.

12　Turner, *Nathaniel Hawthorne: An Introduction and Interpretation*, pp. 85-103.

13　Doubleday, *Hawthorne's Early Tales, A Critical Study*, p. 11.

14　Frederick, *The Darkened Sky: Nineteenth-Century American Novelists and Religion*, p. 39.

15　Hawthorne, *Nathaniel Hawthorne and His Wife*, vol. I, pp. 142, 147, 164.

16　Cantwell, *Nathaniel Hawthorne: The American Years*, p. 136.

17　Moore, Margaret B., *The Salem World of Nathaniel Hawthorne*, pp. 253-256. 友人、知人、師弟、親戚との交遊関係を手紙と系図で詳細に論じたムーアは、この二極性に触れながら、ホーソーンが生きた当時のセイレムの状況の理解が重要であることを指摘している。

18　James, *Hawthorne*, p. 21.

19　Cantwell, *Nathaniel Hawthorne: The American Years*, p. 148.

20　Wagenknecht, Edward, *Nathaniel Hawthorne: Man and Writer*（New York: Oxford University Press, 1961）, p. 196.

21　Hoeltje, *Inward Sky: The Mind and Heart of Nathaniel Hawthorne*, pp. 116, 126.

22 ホーソーン研究家にとっては有名なこの二面性は、テイラーの場合のように「故郷と祖先とピューリタンの伝統に強い（肯定と否定という）二面性を抱いていた」というふうに限定して使用しなければ、作者の性格と作者が作品に意図するものと読者の無理解が研究と批評のなかで一つの概念に詰め込まれてしまうおそれがある。Taylor, *Hawthorne's Ambivalence Toward Puritanism*, p.4.

23 Turner, *Nathaniel Hawthorne: An Introduction and Interpretation*, pp. 131, 132.

24 Stubbs, John Caldwell, *The Pursuit of Form: A Study of Hawthorne and the Romance* (Urbana: University of Illinois Press, 1970), p. x.

25 Waggoner, *Hawthorne: A Critical Study*, p. 261.

26 Lathrop, George Parsons, *A Study of Hawthorne*, reprinted ed. (New York: AMS Press Inc., 1969), p. 155.

27 「印刷されている作品は分析の総量よりも大きいかもしれないのである」というドーバーの考えも同じ基盤に立っている。この立場にからすると、パラドックスとかアイロニー、二面性とか曖昧性という語の使用も、きわめて限定的でなければならなくなる。Dauber, *Rediscovering Hawthorne*, pp. 23-28.

28 Doubleday, *Hawthorne's Early Tales, A Critical Study*, pp. 13-32.

29 Woodberry, *Nathaniel Hawthorne*, p. 33.

30 Hoeltje, *Inward Sky: The Mind and Heart of Nathaniel Hawthorne*, p. 45.

31 Hawthorne, *Nathaniel Hawthorne and His Wife*, vol. I, p. 314.

32 Moore, Margaret B., *The Salem World of Nathaniel Hawthorne*, p. 68.

33 Frederick, *The Darkened Sky: Nineteenth-Century American Novelists and Religion*, p. 38.

34 Mouffe, Barbara S., ed., *Hawthorne's Lost Notebook 1835-1841* (University Park: The Pennsylvania State Univ. Press, 1978), [p. 25]. 現在われわれの目にふれる『アメリカン・ノートブックス』は、ホーソーンが亡くなったあとの一八六八年にティックナー・アンド・フィールズ社から出版された *Passages from the American Note-Books of*

Nathaniel Hawthorne が元になっている。シンプソン編集によるオハイオ州立大学版の『アメリカン・ノートブックス』の該当箇所（*The American Notebooks*, p. 20.）はつぎのようになっている。In this dismal chamber FAME was won.（Salem, Union Street.）ここにはホーソーンの原稿にあったはずの〈and squalid〉の二つの文字が削除され、原稿にない文字〈Salem, Union Street.〉が挿入されている。私的な個人の記録を公にするにあたって気遣ったソファイアが、削除と書き入れと書き換え入れ替えを行なったことはよく知られている。こうしたソファイアによる編集の表裏については、右に掲げた書にワゴナーの詳細な論考があり、なぜ何冊もあったノートのうちの一冊が一世紀以上も前に失われ、ふたたび見出されたかについては、おなじく右に掲げた書の初めにモウフが詳細に論じている。またワゴナーは別の論文で squalid に触れて、この語の背後に自慰行為に罪意識を感じていたホーソーンがあったのではないかと考察している。Waggoner, Hyatt H., *The Presence of Hawthorne* (Baton Rouge: Louisiana State University Press, 1979), pp. 100-108. なおソファイアがホーソーンの原稿に挿入したユニオン通りというのはホーソーンの生家のあったところで、敷地裏が隣接する目と鼻の先とはいいながら「陰鬱な部屋」はハーバート通りにあった。

35　Chandler, *A Study of the Sources of the Tales and Romances Written by Nathaniel Hawthorne Before 1853*, p. 10. Moore, Margaret B., *The Salem World of Nathaniel Hawthorne*, pp. 123-124.

36　「語り手」の注18を参照。

37　*Twice-Told Tales*, p. 306.

38　Chandler, *A Study of the Sources of the Tales and Romances Written by Nathaniel Hawthorne Before 1853*, p. 57.

39　Arvin, *Hawthorne*, pp. 59-62.

40　James, *Hawthorne*, pp. 48-53.

41　Cantwell, *Nathaniel Hawthorne: The American Years*, p. 136.

42　James, *Hawthorne*, pp. 46, 47.

43 Van Doren, *Nathaniel Hawthorne*, p. 126.

44 Van Doren, *Nathaniel Hawthorne*, p. 86.

45 Van Doren, *Nathaniel Hawthorne*, p. 43.

46 次女のローズ・ホーソーン・レイスロップが「スクラップブック、一八三九」と題された日記帳の断片を『ホーソーン回想』に記録している。これが現在の『アメリカン・ノートブックス』に収録されているものである。Lathrop, Rose Hawthorne, *Memories of Hawthorne*, reprinted ed. (New York: AMS Press, Inc., 1969), pp. 34-45. しかし日記帳の原本は失われている。Simpson, Claude M., "Explanatory Notes," *The American Notebooks*, pp. 602-603.

47 結婚するまでに書いた九十八通の手紙と結婚後の六十二通の手紙を含めた『ラブ・レターズ』は、二巻本の限定版として一九〇七年に出版された。Clark, C. E. Frazer, Jr., ed., *Love Letters of Nathaniel Hawthorne, 1839-1863*, reprinted ed. (Washington D. C.: NCR Microcard Editions, 1972), "Foreword," "Introduction."

48 Woodberry, *Nathaniel Hawthorne*, p. 99.

49 Van Doren, *Nathaniel Hawthorne*, pp. 99-100.

50 Stewart, *Nathaniel Hawthorne: A Biography*, pp. 54-56.

51 Stearns, *The Life and Genius of Nathaniel Hawthorne*, p. 130.

52 Baym, *The Shape of Hawthorne's Career*, p. 86.

53 Baym, Nina, "Nathaniel Hawthorne and His Mother: A Biographical Speculation," Cady, Edwin H. and Louis J. Budd, ed., *On Hawthorne: The Best from American Literature* (Durham: Duke University Press, 1990), pp. 194-200.

54 Woodberry, *Nathaniel Hawthorne*, p. 58.

55 Hoeltje, *Inward Sky: The Mind and Heart of Nathaniel Hawthorne*, p. 99.

56 Martin, Terence, *Nathaniel Hawthorne* (New Haven: College & Univ. Press, 1965), pp. 52-54, 182.

57 Waggoner, *Hawthorne: A Critical Study*, p. 27.

58 Mellow, *Nathaniel Hawthorne in His Times*, pp. 65-66.

59 *Twice-Told Tales*, p. 308.

60 「空白」blank は後年のホーソーンが使った言葉であるが、ジェイムズは『ノートブックス』の特徴として「途方もない空白」an extraordinary blankness という表現をあたえている。James, *Hawthorne*, p. 33.

61 ターナーはホーソーンが『緋文字』の「税関」で言う「中間領域」a neutral territory を引用し、これが「陰鬱な部屋」と結びつくことを示唆している。そうであるとすれば「空白」はのちのロマンス作家によって「中間領域」と等価なものになる。Turner, *Nathaniel Hawthorne: An Introduction and Interpretation*, p. 70. またマーティンは「ホーソーンの中間領域 neutral ground は、うまくいくときには心の状態として機能している」と言っている。Martin, *Nathaniel Hawthorne*, p. 42.

62 Conway, *Life of Nathaniel Hawthorne*, p. 60.

63 *The Letters, 1813-1843*, p. 565-566.

64 Morris, Lloyd, *The Rebellious Puritan: Portrait of Mr. Hawthorne* (New York: Kennikat Press, 1969), pp. 79, 82.

65 Fairbanks, Henry G., *The Lasting Loneliness of Nathaniel Hawthorne: A Study of the Sources of Alienation in Modern Man* (Albany, New York: Magi Books, Inc., 1965), pp. 126.

66 Crews, Frederick, C., *The Sins of the Fathers: Hawthorne's Psychological Themes* (New York: Oxford University Press, 1966), p. 113, 243, 267.

67 Waggoner, *Hawthorne: A Critical Study*, p. 64.

68 Bridge, *Personal Recollection of Nathaniel Hawthorne*, p. 49.

69 Morris, *The Rebellious Puritan: Portrait of Mr. Hawthorne*, p. 78.

70 Martin, *Nathaniel Hawthorne*, p. 25.

71 Turner, *Nathaniel Hawthorne: An Introduction and Interpretation*, p. 66.

72 Fields, Annie, *Nathaniel Hawthorne* (Boston: Small, Maynard & Company, 1899), p. 39.

73 Idol, John L., Jr. and Buford Jones, ed., *Nathaniel Hawthorne: The Contemporary Reviews*, p. 25.

第7章　素材の呪縛

1 Morse, Stearns, ed., *Lucy Crawford's History of the White Mountains* (Boston, Mass.: Appalachian Mountain Club, 1978), pp. 3-4, 97, 236 (notes).

2 使用されている語をそのままの形で並べてみると、つぎのようになる。

kindling, fire, bright, light, flickered, sunrise, furnaces, moonshine, glittered, gleamed, glow, blaze, illuminated, luster, blazing, gleaming, meteor, moon, sun, brighter, radiance, gleam, brightly, splendor, Jack o' lantern, flame, noonday, glittering, glories, lamp, a-glowing, lights, kindled, glory, illumination, thunder, beaming, sunshine, dawn, brightest, brightening, hue, brilliant, flashed, glowed, shining, star, brilliancy, flamed, glimmer, brightness, glorious, moonlight, hearth, burned, burnt, wax-lighted, chandelier, torches, stars, ray, quenchless-gleam, lightning——*Twice-Told Tales*, pp. 149-165.

3 Crowley, *Hawthorne: The Critical Heritage*, pp. 115-116.

4 Erikson, Kai T., *Wayward Puritans: A Study in the Sociology of Deviance* (New York: John Wiley & Sons, Inc., 1966), pp. 50, 53, 107-136.

5 Coale, Samuel Chase, *In Hawthorne's Shadow: American Romance from Melville to Mailer* (Lexington, Kentucky: The University Press of Kentucky, 1985), pp. 1-21.

6 *The Letters, 1813-1843*, p. 252.

7 *The Letters, 1813-1843*, p. 494.

8 *The Letters, 1813-1843*, p. 420.

9 *The Letters, 1813-1843*, p. 251.

10 Hawthorne, *Nathaniel Hawthorne and His Wife*, vol. 1, p. 164.

11 *Twice-Told Tales*, p. 306.

12 *The Letters, 1843-1853*, p. 126.

13 *The Letters, 1813-1843*, p. 252.

14 James, *Hawthorne*, p. 31.

15 *The American Notebooks*, p. 247. この文章があることを知ったのは Elizabeth Goodenough と Brigitte Bailey の両氏によるつぎの文からである。この小冊子は一九八八年六月十六日—十八日にアメリカのケンブリッジとセイレムで開かれたナサニエル・ホーソーン学会の席上で配られたものである。In *The American Notebooks* Hawthorne describes how something in his environment unexpectedly accelerated his imagination and riveted or "magnetized" the observer....We would like to underscore the process by which an artist appropriates the realities of his actual environment into a private realm of his own making.——*"The Magnetized Observer" Hawthorne's Romantic Vision* (Cambridge, Mass.: The Houghton Library, Harvard Univ.; Salem, Mass.: The Essex Institute, 1988), p. i.

16 Waggoner, *Hawthorne: A Critical Study*, p. 39.

17 *Twice-Told Tales*, p. 408.

18 Forbes, Harriette Merrifield, *Gravestones of Early New England and the Men Who Made Them: 1653-1800* (Boston: Houghton Mifflin Co., 1927), pp. 5-20.

19 Ludwing, Allan I., *Grave Image: New England Stonecarving and its Symbols, 1650-1815* (Middletown, Conn.: Wesleyan Univ. Press, 1966), p. 54. 前掲 Forbes 著とこの本を探すきっかけをつくってくれたのは、つぎの論文による。Chase, Theodore and Laurel K. Gabel, "Ebenezer Howard: Our Mystery Carver Identified," *The New England Historical and Genealogical Register*, vol. CXLI (October 1987), pp. 291-307. なお、ニューイングランドの墓地および墓碑を刻んだ人の名と墓石の説明については、この論文も収録されているつぎの書を参照。Chase, Theodore, and Laurel

K. Gabel. *Gravestone Chronicles: Some Eighteenth-Century New England Carvers and Their Work*. Boston, Massachusetts: New England Historic Genealogical Society, 1990. またキングズ・チャペル埋葬地の墓碑銘については、ニューイングランド系図学協会が写真復刻したつぎの書が詳しい。Bridgman, Thomas. *Memorials of the Dead in Boston; Containing Exact Transcripts of Inscriptions on the Sepulchral Monuments in the King's Chapel Burial Ground, in the City of Boston*. Boston: Benjamin B. Mussey & Co., 1853.

20 Kingman, Bradford. *Epitaphs from Burial Hill, Plymouth, Massachusetts, From 1657-1892*. Reprinted ed. Baltimore: Genealogical Publishing Co., Inc., 1977.

21 George, Diana Hume, and Nelson, Malcolm A., *Epitaph and Icon: A Field Guide to the Old Burying Grounds of Cape Cod, Martha's Vineyard, and Nantucket* (Orleans, Mass.: Parnassus Imprints, 1983), p. 27.

22 George, *Epitaph and Icon: A Field Guide to the Old Burying Grounds of Cape Cod, Martha's Vineyard, and Nantucket*, pp. xv, 3.

23 George, *Epitaph and Icon: A Field Guide to the Old Burying Grounds of Cape Cod, Martha's Vineyard, and Nantucket*, p. 4.

24 *The American Notebooks*, p. 9.

25 「セイレムの私室」の注34を参照。

26 *Twice-Told Tales*, p. 332.

27 *Twice-Told Tales*, p. 441.

28 *Mosses from an Old Manse*, p. 141.

29 *Mosses from an Old Manse*, p. 197.

30 *Mosses from an Old Manse*, pp. 286, 287, 289, 293, 294, 295, 298, 299, 301, 304, 305.

31 *Mosses from an Old Manse*, pp. 344, 350, 356, 360.

32 *Mosses from an Old Manse*, p. 395.

33 *Mosses from an Old Manse*, p. 244.

34 *Mosses from an Old Manse*, p. 286.

35 *The Snow-Image and Uncollected Tales*, pp. 211, 229.

36 「変形への躊躇」の「ぼくの親戚、モリヌー少佐」を参照。

37 *The Snow-Image and Uncollected Tales*, pp. 209, 210, 211, 215, 227.

38 *The Snow-Image and Uncollected Tales*, p. 229-230.

39 Newman, *A Reader's Guide to the Short Stories of Nathaniel Hawthorne*, pp. 217-220.

40 Swann, Charles, *Nathaniel Hawthorne: Tradition and Revolution* (Cambridge: Cambridge University Press, 1991), pp. 1-43.

41 *Mosses from an Old Manse*, p. 351.

42 *Mosses from an Old Manse*, pp. 9-10. 拙著『ホーソーン文学の形成期——*Twice-Told Tales* の世界』旺史社、一九八六年、pp. 45-46.

43 *Twice-Told Tales*, p. 450.

44 *Twice-Told Tales*, p. 450.

45 Newman, *A Reader's Guide to the Short Stories of Nathaniel Hawthorne*, p. 180.

46 Donohue, Agnes McNeill, *Hawthorne: Calvin's Ironic Stepchild* (Kent, Ohio: The Kent State University Press, 1985), p. 138.

47 Lathrop, Rose Hawthorne, *Memories of Hawthorne*, pp. 51-52.

48 Harris, John, *The Boston Globe Historic Walks in Old Boston* (Chester, Conn.: The Pequot Press, 1982), p. 123.

49 Mather, *Nathaniel Hawthorne: A Modest Man*, p. 58.

50 Waggoner, *The Presence of Hawthorne*, p. 13.

第8章　孤立の苦闘

1 Emlen, Robert P., *Shaker Village Views: Illustrated Maps and Landscape Drawings by Shaker Artists of the Nineteenth Century* (Hanover, NH: University Press of New England, 1987), p. 16. この書に掲載されている図のほとんどには作者名が入っているか、描いたであろうと思われる名前が記されている。

2 Horgan, Edward R., *The Shaker Holy Land: A Community Portrait* (Harvard, Massachusetts: The Harvard Common Press, 1982), p. 180.

3 Brewer, Priscilla J., *Shaker Communities, Shaker Lives* (Hanover, NH: University Press of New England, 1986), pp. 39, 89.

4 Morse, Flo, *The Shakers and the World's People* (Hanover, NH: University Press of New England, 1987), pp. 129-151.

5 Ott, John Harlow, *Hancock Shaker Village: A Guidebook and History* (Shaker Community, Inc., 1976), pp. 88-93.

6 Horgan, *The Shaker Holy Land: A Community Portrait*, pp. 119-120.

7 Ott, *Hancock Shaker Village: A Guidebook and History*, p. 20. Horgan, *The Shaker Holy Land: A Community Portrait*, p. 52. Morse, *The Shakers and the World's People*, pp. 152-166.

8 Morse, *The Shakers and the World's People*, pp. 90-99.

9 Morse, *The Shakers and the World's People*, p. 52. Horgan, *The Shaker Holy Land: A Community Portrait*, p. 3.

10 Horgan, *The Shaker Holy Land: A Community Portrait*, p. 59.

11 Emlen, *Shaker Village Views Illustrated Maps and Landscape Drawings by Shaker Artists of the Nineteenth Century*, pp. 140-141.

12 *The Snow-Image and Uncollected Tales*, pp. 127-128.

13 *The Snow-Image and Uncollected Tales*, p. 122.

14 *Twice-Told Tales*, pp. 424-425.

15 Morse, *The Shakers and the World's People*, pp. 184-187.

16 Lane, Charles, "A Day with the Shakers," *The Dial: A Magazine for Literature, Philosophy, and Religion*, vol. IV.（New York: Russell & Russell, Inc., 1961）, pp. 165-173.

17 Chandler, *A Study of the Sources of the Tales and Romances Written by Nathaniel Hawthorne before 1853*, p. 57.

18 *The Letters, 1813-1843*, pp. 211-221. しかし識者によって必ずしも冗談と理解されているわけではない。Hall, Lawrence Sargent, *Hawthorne, Critic of Society*, reprinted ed.（Gloucester, MASS.: Peter Smith, 1966）, p. 2.

19 *The American Notebooks*, pp. 465-466.

20 「素材の呪縛」の注40を参照。

21 Gorman, *Hawthorne: A Study in Solitude*, p. 47.

22 Schubert, Leland, *Hawthorne, the Artist: Fine-Art Devices in Fiction*（New York, Russell & Russell, Inc., 1963）, p. 8.

23 Brewer, *Shaker Communities, Shaker Lives*, p. 176.

24 「貞潔・禁欲」を「牧師の黒いヴェイル」に見る研究者もいる。Fossum, Robert H., *Hawthorne's Inviolable Circle: The Problem of Time*（Deland, Florida: Everett/Edwards, Inc., 1972）, p. 58（note）.

25 Swann, *Nathaniel Hawthorne: Tradition and Revolution*, pp. 90-95.

26 *The Scarlet Letter*, p. 263.

第9章　生まれ故郷

1 *Twice-Told Tales*, p. 6.

2 Gorman, *Hawthorne: A Study in Solitude*, p. 48.

3 Sanborn, F. B., *Hawthorne and his Friends: Reminiscence and Tribute*, reprinted ed.（Darby, PA.: Darby Books, 1969）, p. 45.

4 Hoeltje, *Inward Sky: The Mind and Heart of Nathaniel Hawthorne*, pp. 261-270. Turner, *Nathaniel Hawthorne: A Biography*（New York: Oxford University Press, 1980）, pp. 177-204. Mellow, *Nathaniel Hawthorne in His Times*, pp. 292-297, 300-302. Miller, *Salem Is My Dwelling Place: A Life of Nathaniel Hawthorne*, pp. 267-270;

5 *The Scarlet Letter*, pp. 4, 8, 11, 31.

6 *The Scarlet Letter*, p. 1.

7 Moore, Margaret B., *The Salem World of Nathaniel Hawthorne*, pp. 17-18.

8 Hawthorne, *Nathaniel Hawthorne and His Wife*, vol. I, pp. 96-97.

9 Hawthorne, *Nathaniel Hawthorne and His Wife*, vol. I, pp. 127-130.

10 ホーソーンの「スケッチ」の多様性については、ムーアが「語りの仮面」（the narrative persona）から「語りの声」the narrative voice の概念を導入して個々の作品を論じている。 Moore, Thomas R., *A Thick and Darksome Veil: The Rhetoric of Hawthorne's Sketches, Preface, and Essays*, pp. 29-49.

11 Weber, Alfred, "Hawthorne's Tour of 1832 through New England and Upstate New York," Weber, Alfred, Beth L. Lueck, and Dennis Berthold, *Hawthorne's American Travel Sketches*（Hanover: University Press of New England, 1989）, pp. 1-23.

12 *Twice-Told Tales*, p. 350.

13 *Twice-Told Tales*, p. 369.

14 *Twice-Told Tales*, p. 3.

15 *Twice-Told Tales*, p. 306.

16 *Twice-Told Tales*, pp. 307-308.

17 *Twice-Told Tales*, p. 431.

18 *Twice-Told Tales*, p. 348.
19 *Mosses from an Old Manse*, p. 146.
20 Hawthorne, *Nathaniel Hawthorne and His Wife*, vol. I, pp. 127-130.
21 *Twice-Told Tales*, p. 322.
22 Hawthorne, *Nathaniel Hawthorne and His Wife*, vol. I, p. 134.
23 Hawthorne, *Nathaniel Hawthorne and His Wife*, vol. I, pp. 138-141.
24 Hawthorne, *Nathaniel Hawthorne and His Wife*, vol. I, p. 147.
25 Bridge, *Personal Recollection of Nathaniel Hawthorne*, p. 66.
26 *Twice-Told Tales*, pp. 398-399.
27 Chandler, *A Study of the Sources of the Tales and Romances Written by Nathaniel Hawthorne Before 1853*, p. 22.
28 Newman, *A Reader's Guide to the Short Stories of Nathaniel Hawthorne*, p. 249.
29 *Twice-Told Tales*, pp. 338-339.
30 Leavis, Q. D., "Hawthorne as Poet," Donohue, *A Casebook on the Hawthorne Question*, p. 318.
31 *Twice-Told Tales*, pp. 337-338.
32 *Twice-Told Tales*, p. 340.
33 Mellow, *Nathaniel Hawthorne in His Times*, pp. 71-74. Miller, *Salem Is My Dwelling Place: A Life of Nathaniel Hawthorne*, pp. 94-95.
34 Mather, *Nathaniel Hawthorne: A Modest Man*, p. 108.
35 Mather, *Nathaniel Hawthorne: A Modest Man*, pp. 109, 114.115.
36 Crowley, "Historical Commentary," *Twice-Told Tales*, p. 515.

第10章　バーのある部屋

1 *Twice-Told Tales*, p. 239.

2 Fields, James T., *Yesterdays with Authors*. (Boston: James R. Osgood and Company, 1871), p. 54. Chandler, *A Study of the Sources of the Tales and Romances Written by Nathaniel Hawthorne Before 1853*, p. 26.

3 Newberry, *Hawthorne's Divided Loyalties: England and America in His Works*, p. 157.

4 Mather, *Nathaniel Hawthorne: A Modest Man*, pp. 60-67.

5 Fields, Annie, *Nathaniel Hawthorne*, pp. 28-29. Mather, *Nathaniel Hawthorne: A Modest Man*, pp. 86-88.

6 Mellow, *Nathaniel Hawthorne in His Times*, pp. 105-106.

7 Simpson, Claude M., "Explanatory Notes," *The American Notebooks*, p. 585.

8 Simpson, Claude M., "Historical Commentary," *The American Notebooks*, pp. 682-690.

9 この1連のこまかい経緯についてはメローを参照されたい。 Mellow, *Nathaniel Hawthorne in His Times*, pp. 101-126.

10 James, *Hawthorne*, p. 24. Bell, Millicent, ed., *New Essays on Hawthorne's Major Tales* (New York: Cambridge University Press, 1993), p. 7.

11 Clarke, Helen Archibald, *Hawthorne's Country*, reprinted ed. (Folcroft, Pa, 1974), p. 265.

12 Adkins, Nelson F., "The Early Projected Works of Nathaniel Hawthorne," Von Frank, *Critical Essays on Hawthorne's Short Stories*, pp. 75-94. Hoeltje, *Inward Sky: The Mind and Heart of Nathaniel Hawthorne*, pp. 93-98, 102, 106. Turner, *Nathaniel Hawthorne: A Biography*, pp. 72-79. Miller, *Salem Is My Dwelling Place: A Life of Nathaniel Hawthorne*, p. 93.

13 Baym, *The Shape of Hawthorne's Career*, p. 41.

14 Luedtke, *Nathaniel Hawthorne and the Romance of the Orient*, pp. xxiii, 5-6, 11-12, 33-38, 51, 56-62, 105-106, 140-141. Hawthorne, *Nathaniel Hawthorne and His Wife*. vol. I., pp. 105-106. *The Letters, 1813-1843*, pp. 114-116.

15 Baym, *The Shape of Hawthorne's Career*, pp. 52, 53-54, 69, 83. 作者の現前すなわち居合わせ（author presence）については「語り手」の注11を参照。同じ意味で、ドーバーは dismal chamber が Province-House に通じていることを示唆している。Dauber, *Rediscovering Hawthorne*, pp. 65-67.

16 Baym, *The Shape of Hawthorne's Career*, p. 75. Lundblad, Jane, *Nathaniel Hawthorne and the Tradition of Gothic Romance*, reprinted ed. (New York: Haskell House, 1964), p. 45. やや趣が異なるが、このあとには語り手の「おじいさん」が登場する『おじいさんの椅子』シリーズと、語り手の「父」が登場する『子供たちのための伝記物語』が発表される。

17 つぎの書に詳しい。Phillips, James Duncan. *Salem and the Indies: The Story of the Great Commercial Era of the City*. Cambridge, Massachusetts: Houghton Mifflin Company Boston, 1947.

18 Moore, Margaret B., *The Salem World of Nathaniel Hawthorne*, p. 87.

19 トーマス・ハッチンソンについては、ほぼ全面的に、つぎの書に依存した。Bailyn, Bernard. *The Ordeal of Thomas Hutchinson*. Massachusetts: Harvard University Press, 1974. 拙文も参照されたい。「トーマス・ハッチンソンについて」『Hosei Review』No.10（法政評論、昭和六十年十二月）。

20 Newberry, *Hawthorne's Divided Loyalties: England and America in His Works*, p. 99.

第11章　作者の顔

1 *Twice-Told Tales*, p. 7.

2 これは「アリス・ドーンの訴え」を分析してクルーズが、歴史についての「内密性」Hawthorne's furtiveness と呼ぶものと関係するかもしれないが、ここでは「まえがき」にかぎってのことであるし、あくまでも自己の作品を読者に紹介するときの躊躇であって、ホーソーンの作品分析につきまとう「曖昧性」を意味するものではない。Crews, *The Sins of the Fathers: Hawthorne's Psychological Themes*, p. 48. またムーアは作品と「まえがき」に一貫している作者の姿勢を見ようとしているが、作者が作品そのものの中で読者に示す姿勢と距離は、「まえがき」で示す作者の顔とはおのずから違うように思う。「語り手」の注19を参照。

3 Moore, Thomas R., *A Thick and Darksome Veil: The Rhetoric of Hawthorne's Sketches, Preface, and Essays*, p. 109.

4 Davis, Clark, *Hawthorne's Shyness: Ethics, Politics, and the Question of Engagement* (Baltimore: The Johns Hopkins University Press, 2005), p. 41.

5 *The House of the Seven Gables*, p. 1.「語り手」の注10を参照。

6 「語り手」の注11を参照。

7 Leaves, Q. D., "Hawthorne as Poet," Donohue, *A Casebook on the Hawthorne Question*, p. 318.

8 「税関」が『緋文字』の「まえがき」であるかどうかの議論については、つぎの書を参照。坂本重武『ホーソーンの文学』泰文堂、昭和四十三年、pp 36-46.「税関」が『緋文字』の前置きであるとするならば、『緋文字』そのものは「税関」に結末をあたえるものと論じ、「税関」そのものが一つの自伝的ロマンスと言うこともできると評価するベイムの分析もある。Baym, *The Shape of Hawthorne's Career*, pp. 124, 143. また、ホーソーンの作品が成立している詩的感性を、時間と空間のなかで作者と読者が親密さ［深い理解］に向かう進行としてとらえようとするドーバーは、「税関」を独立し、しかも緊張を生み出すための切りはなすことのできない全体の一部であると考える。Dauber, *Rediscovering Hawthorne*, pp. 36-45, 91-95.「語り手」の注15を参照。

9 Millington, *Practicing Romance: Narrative Form and Cultural Engagement in Hawthorne's Fiction*, p. 42.

10 Idol, John L., Jr. and Burford Jones, ed., *Nathaniel Hawthorne: The Contemporary Reviews*, p. 27.

11 *Twice-Told Tales*, p. 5.

12 Wagenknecht, *Nathaniel Hawthorne: Man and Writer*, p. 95.

13 *The Letters, 1813-1843*, p. 139.

14 語り手としての作者の位相の在りようを作品そのものと「まえがき」とで区別しないムーアは、「まえがき」

に読者にたいする敵意や軽蔑のひびきまで読みとろうとする。ホーソーンは「まえがき」では、教師であり、自己批評家であり、評論家であり、ひょうきん者であり、手品をつかう芸術家であり、読者を訓戒したり誉めたりするとムーアは言う。Moore, Thomas R., *A Thick and Darksome Veil: The Rhetoric of Hawthorne's Sketches, Preface, and Essays*, pp. 73-97.

15　つぎを参照。"The Old Manse"...can be said to provide a loosely rhetorical "frame-work" for the collection. Taken together, at any rate, the introductory sketch and the title of the collection suggest that the writer, the place, and the cumulative vision projected in the tales and sketches shared an organic relationship. The extent to which Hawthorne liked "The Old Manse" can be estimated best by his use of the same quasi-autobiographical mode for "The Custom-House" in *The Scarlet Letter*. Essentially a private person struggling to attract a popular audience, he found in the personal sketch the most congenial possibilities of presenting himself as a public personage who would mediate between his fiction and his readers.
——Crowley, "Historical Commentary,"' *Mosses from an Old Manse*, pp. 519-520.

16　*The Snow-Image and Uncollected Tales*, p. 3.

17　*The Marble Faun*, pp. 1-2.

18　*Our Old Home*., pp. xxiv-xxix. Mellow, *Nathaniel Hawthorne in His Times*, pp. 563-570. Miller, *Salem Is My Dwelling Place: A Life of Nathaniel Hawthorne*, pp. 502-503. Hoeltje, *Inward Sky: The Mind and Heart of Nathaniel Hawthorne*, pp. 542-544. Fields, James T., *Yesterdays with Authors*, pp. 107-108.

引用・参考文献（洋書のみ）

Adams, Charles Francis, Jr. *New English Canaan of Thomas Morton with Introductory Matters and Notes*. Reprinted ed. New York: Burt Franklin, 1967. First published in 1883.

Adkins, Nelson F. "The Early Projected Works of Nathaniel Hawthorne." Von Frank. *Critical Essays on Hawthorne's Short Stories*, pp. 75-94.

Arvin, Newton. *Hawthorne*. Reprinted ed. New York: Russell & Russell, 1961. First published 1929.

Bailyn, Bernard. *The Ordeal of Thomas Hutchinson*. Massachusetts: Harvard University Press, 1976. First published 1974.

Baym, Nina. *The Shape of Hawthorne's Career*. Ithaca: Cornell University Press, 1976.

———. "Nathaniel Hawthorne and His Mother: A Biographical Speculation." Cady, Edwin H. and Louis J. Budd. *On Hawthorne: The Best from American Literature*, pp. 194-220.

Bell, Michael Davitt. *Hawthorne and the Historical Romance of New England*. New Jersey: Princeton University Press, 1971.

Bell, Millicent. *Hawthorne's View of the Artist*. New York: the State University of New York, 1962.

———, ed. *New Essays on Hawthorne's Major Tales*. New York: Cambridge University Press, 1993.

Bloom Harold, ed. *Modern Critical Views: Nathaniel Hawthorne*. New York: Chelsea House Publishers, 1986.

———, ed. *Bloom's Modern Critical Interpretations: Nathaniel Hawthorne's Young Goodman Brown*. Philadelphia: Chelsea House Publishers, 2005.

Brewer, Priscilla J. *Shaker Communities, Shaker Lives*. Hanover, NH: University Press of New England, 1986.

Bridge, Horatio. *Personal Recollection of Nathaniel Hawthorne*. Reprinted ed. New York: Haskell House Publishers Ltd.,

1968. First published in 1893.

Bridgman, Thomas. *Memorials of the Dead in Boston; Containing Exact Transcripts of Inscriptions on the Sepulchral Monuments in the King's Chapel Burial Ground in the City of Boston*. Boston: Benjamin B. Mussey & Co., 1853.

Bromwich, David. "The American Psychosis." Bloom. *Bloom's Modern Critical Interpretations*, pp. 135-160.

Bunge, Nancy. Nathaniel *Hawthorne: A Study of the Short Fiction*. New York: Twayne Publishers, 1993.

Cady, Edwin H. and Louis J. Budd, ed., *On Hawthorne: The Best from American Literature*. Durham: Duke University Press, 1990.

Cantwell, Robert. *Nathaniel Hawthorne: The American Years*. Reprinted ed. New York: Octagon Books, 1971. First published in 1948.

Chandler, Elizabeth Lathrop. *A Study of the Sources of the Tales and Romances Written by Nathaniel Hawthorne Before 1853*. Reprinted ed. Folcroft: The Folcroft Press, 1969. First published in 1926.

Chase, Theodore and Laurel K. Gabel. "Ebenezer Howard: Our Mystery Carver Identified." *The New England Historical and Genealogical Register*, vol. CXLI (October 1987), pp. 291-307.

———. *Gravestone Chronicles*. Boston, Massachusetts: New England Historic Genealogical Society, 1990.

Clark, C. E. Frazer, Jr., ed. *Love Letters of Nathaniel Hawthorne, 1839-1863*. Reprinted ed. Washington D. C.: NCR Microcard Editions, 1972. Originally published in 1907.

———. *Nathaniel Hawthorne: A Descriptive Bibliography*. Pittsburgh, Pa: Univ. of Pittsburgh Press, 1978.

Clarke, Helen Archibald. *Hawthorne' Country*. Reprint of the 1913 ed. Folcroft, Pa, 1974. First published in 1910.

Coale, Samuel Chase. *In Hawthorne' Shadow: American Romance from Melville to Mailer*. Lexington, Kentucky: The University Press of Kentucky, 1985.

Cohen, B. Bernard, ed. *The Recognition of Nathaniel Hawthorne: Selected Criticism Since 1828*. Ann Arbor: The University of

Michigan Press, 1969.

Colacurcio, Michael J. *The Province of Piety: Moral History in Hawthorne's Early Tales*. Cambridge, Massachusetts: Harvard University Press, 1984.

Conway, Moncure D. *Life of Nathaniel Hawthorne*. Reprinted ed. New York: Haskell House Publishers, 1968. First published in 1890.

Crews, Frederick C. *The Sins of the Fathers: Hawthorne's Psychological Themes*. New York: Oxford University Press, 1966.

Crowley, J. Donald, ed. *Hawthorne: The Critical Heritage*. Routledge, 1970.

———. "Introduction." Crowley. *Hawthorne: The Critical Heritage*, pp. 1-39.

———. "Historical Commentary." *Mosses from an Old Manse*, pp. 499-536.

———. "Historical Commentary." *Twice-Told Tales*, pp. 485-533.

Dauber, Kenneth. *Rediscovering Hawthorne*. Princeton, New Jersey: Princeton Univ. Press, 1977.

Davis, Clark. *Hawthorne's Shyness: Ethics, Politics, and the Question of Engagement*. Baltimore: The Johns Hopkins University Press, 2005.

Davis, William T., ed. *Bradford's History of Plymouth Plantation 1606-1646*. New York: Charles Scribner's Sons, 1908.

Donohue, Agnes McNeill, ed. *A Casebook on the Hawthorne Question*. New York: Thomas T. Crowell Company, 1966.

———. *Hawthorne: Calvin's Ironic Stepchild*. Kent, Ohio: The Kent State University Press, 1985.

Doubleday, Neal Frank. *Hawthorne's Early Tales, A Critical Study*. Durham, North Carolina: Duke University Press, 1972.

Dryden, Edgar A. *Nathaniel Hawthorne: The Poetics of Enchantment*. Ithaca: Cornell University Press, 1977.

Dunne, Michael. *Hawthorne's Narrative Strategies*, Jackson: the University Press of Mississippi, 1995.

Emlen, Robert P. *Shaker Village Views: Illustrated Maps and Landscape Drawings by Shaker Artists of the Nineteenth Century*. Hanover, NH: University Press of New England, 1987.

Erikson, Kai T. *Wayward Puritans: A Study in the Sociology of Deviance*. New York: John Wiley & Sons, Inc., 1966.

Erlich, Gloria C. *Family Themes and Hawthorne's Fiction: The Tenacious Web*. New Brunswick: Rutgers University Press, 1986.

Fairbanks, Henry G. *The Lasting Loneliness of Nathaniel Hawthorne: A Study of the Sources of Alienation in Modern Man*. Albany, New York: Magi Books, Inc., 1965.

Fields, Annie. *Nathaniel Hawthorne*. Boston: Small, Maynard & Company, 1899.

Fields, James T. *Yesterdays with Authors*. Boston: James R. Osgood and Company, 1872.

Fogle, Richard H. "Ambiguity and Clarity in Hawthorne's 'Young Goodman Brown.'" Donohue. *A Casebook on the Hawthorne Question*, pp. 207-221.

Forbes, Harriette Merrifield. *Gravestones of Early New England and the Men Who Made Them: 1653-1800*. Boston: Houghton Mifflin Co., 1927.

Fossum, Robert H. *Hawthorne's Inviolable Circle: The Problem of Time*. Deland, Florida: Everett/Edwards, Inc., 1972.

Frederick, John T. *The Darkened Sky: Nineteenth-Century American Novelists and Religion*. Notre Dame, Indiana: University of Notre Dame Press, 1969.

George, Diana Hume and Malcolm A. Nelson. *Epitaph and Icon: A Field Guide to the Old Burying Grounds of Cape Cod, Martha's Vineyard, and Nantucket*. Orleans, Mass.: Parnassus Imprints, 1983.

Gollin, Rita K. *Nathaniel Hawthorne and the Truth of Dreams*. Baton Rouge: Louisiana State University Press, 1979.

Gorman, Herbert. *Hawthorne: A Study in Solitude*. Reprinted ed. New York: Biblo and Tannen, 1966. First published in 1927.

Gross, Seymour. "Hawthorne's Revision of 'The Gentle Boy.'" Donohue. *Casebook on the Hawthorne Question*, pp. 146-158.

Hall, Lawrence Sargent. *Hawthorne, Critic of Society*. Reprinted ed. Gloucester, Mass.: Peter Smith, 1966. Originally published in 1944.

Hamm, Thomas D. *The Quakers in America*. New York: Columbia University Press, 2003.

Hardt, John S. "Doubts in the American Garden: Three Cases of Paradisal Skepticism." Bloom. *Bloom's Modern Critical Interpretations*, pp. 33-44.

Harris, John. *The Boston Globe Historic Walks in Old Boston*. Chester, Connecticut: The Globe Pequot Press, 1982.

Hawthorne, Julian. *Nathaniel Hawthorne and His Wife: A Biography*. 2 vols. Reprinted ed. Archon Books, 1968. First published in 1884.

Hawthorne, Nathaniel. *The Scarlet Letter*. The Centenary Edition of the Works of Nathaniel Hawthorne, vol. I. Ohio State Univ. Press, 1962.

———. *The House of the Seven Gables*. The Centenary Edition of the Works of Nathaniel Hawthorne, vol. II. Ohio State Univ. Press, 1965.

———. *The Blithedale Romance and Fanshawe*. The Centenary Edition of the Works of Nathaniel Hawthorne, vol. III. Ohio State Univ. Press, 1964.

———. *The Marble Faun*. The Centenary Edition of the Works of Nathaniel Hawthorne, vol. IV. Ohio State University Press, 1968.

———. *Our Old Home*. The Centenary Edition of the Works of Nathaniel Hawthorne, vol. V. Ohio State Univ. Press, 1970.

———. *True Stories from History and Biography*. The Centenary Edition of the Works of Nathaniel Hawthorne, vol. VI. Ohio State Univ. Press, 1972.

———. *The American Notebooks*. The Centenary Edition of the Works of Nathaniel Hawthorne, vol. VIII. Ohio State Univ. Press, 1972.

———. *Twice-Told Tales*. The Centenary Edition of the Works of Nathaniel Hawthorne, vol. IX. Ohio State Univ. Press, 1974.

———. *Mosses from an Old Manse*. The Centenary Edition of the Works of Nathaniel Hawthorne, vol. X. Ohio State Univ.

Press, 1974.
———. *The Snow- Image and Uncollected Tales*. The Centenary Edition of the Works of Nathaniel Hawthorne, vol. XI. Ohio State Univ. Press, 1974.
———. *The Letters, 1813-1843*. The Centenary Edition of the Works of Nathaniel Hawthorne, vol. XV. Ohio State Univ. Press, 1984.
———. *The Letters, 1843-1853*. The Centenary Edition of the Works of Nathaniel Hawthorne, vol. XVI. Ohio State Univ. Press, 1985.
Hoeltje, Hubert H. *Inward Sky: The Mind and Heart of Nathaniel Hawthorne*. Durham: Duke Univ. Press, 1962.
Hoffman, Daniel G. "'The Maypole of Merry Mount' and the Folklore of Love." Bloom. *Modern Critical Views: Nathaniel Hawthorne*. pp. 41-58.
Horgan, Edward R. *The Shaker Holy Land: A Community Portrait*. Harvard, Massachusetts: The Harvard Common Press, 1982.
Idol, John L., Jr. & Buford Jones, ed. *Nathaniel Hawthorne: The Contemporary Review*. Cambridge University Press, 1994.
James, Henry. *Hawthorne*. Reprinted ed. New York: Cornell Univ. Press, 1966. Originally published in 1879.
Jayne, Edward. "Pray Tarry With Me Young Goodman Brown." Bloom. *Bloom's Modern Critical Interpretations: Nathaniel Hawthorne's Young Goodman Brown*, pp. 117-133.
Johnson, Claudia D. *The Productive Tension of Hawthorne's Art*. Alabama: The University of Alabama Press, 1981.
Kingman, Bradford. *Epitaphs from Burial Hill, Plymouth, Massachusetts, From 1657-1892*. Reprinted ed. Baltimore: Genealogical Publishing Co., Inc., 1977. Originally published in 1892.
Lane, Charles. "A Day with the Shakers." *The Dial: A Magazine for Literature, Philosophy, and Religion*, vol. IV. New York: Russell & Russell, Inc., 1961, pp. 165-173.

Lathrop, George Parsons. *A Study of Hawthorne*. Reprint of 1876 ed. New York: AMS Press Inc., 1969.

Lathrop, Rose Hawthorne. *Memories of Hawthorne*. Reprint of 1897 ed. New York: AMS Press, Inc., 1969.

Leavis, Q. D. "Hawthorne as Poet." Donohue. *A Casebook on the Hawthorne Question*, pp. 308-319.

Leverenz, David. "Historicizing Hell in Hawthorne's Tales." Bell. *New Essays on Hawthorne's Major Tales*, pp. 101-132.

Loggins, Vernon. *The Hawthornes: The Story of Seven Generation of an American Family*. New York: Columbia University Press, 1951.

Ludwing, Allan I. *Grave Image: New England Stonecarving and its Symbols, 1650-1815*. Middletown, Conn.: Wesleyan Univ. Press, 1966.

Luedtke, Luther S. *Nathaniel Hawthorne and the Romance of the Orient*. Bloomington and Indianapolis, Indiana: Indiana University Press, 1989.

Lundblad, Jane. *Nathaniel Hawthorne and the Tradition of Gothic Romance*. Reprinted ed. New York: Haskell House, 1964. First published in 1946,

Mancall, James N. *Thoughts Painfully Intense: Hawthorne and the Invalid Author*. New York: Routledge, 2002.

Manley, Seon. *Nathaniel Hawthorne: Captain of the Imagination*. New York: The Vanguard Press, Inc., 1968.

Manning, John. "Bibliographical Information." *Twice-Told Tales*, pp. 549-576.

Martin, Terence. *Nathaniel Hawthorne*. New Haven: College & Univ. Press, 1965.

Mather, Cotton. *Cotton Mather: Historical Writings*. Sacvan Bercovitch, series ed. A Library of American Puritan Writings: The Seventeenth Century, vol. 23. Reprinted ed. New York: AMS Press Inc., 1991. Originally published in 1689.

Mather, Edward. *Nathaniel Hawthorne: A Modest Man*. Reprinted ed. Westport, Connecticut: Greenwood Pres, Publishers, 1970. Originally published in 1940.

Mellow, James R. *Nathaniel Hawthorne in His Times*. Boston: Houghton Mifflin Company, 1980.

Miller, Edwin Haviland. *Salem Is My Dwelling Place: A Life of Nathaniel Hawthorne*. Iowa City: University of Iowa Press, 1991.

Millington, Richard H. *Practicing Romance: Narrative Form and Cultural Engagement in Hawthorne's Fiction*. Princeton, New Jersey: Princeton University Press, 1992.

Moore, Margaret B. *The Salem World of Nathaniel Hawthorne*. Columbia, Missouri: University of Missouri Press, 1998.

Moore, Thomas R. *A Thick and Darksome Veil: The Rhetoric of Hawthorne's Sketches, Preface, and Essays*. Boston: Northeastern University Press, 1994.

Morris, Lloyd. *The Rebellious Puritan: Portrait of Mr. Hawthorne*. Reprinted ed. New York: Kennikat Press, 1969. First published in 1927.

Morse, Flo. *The Shakers and the World's People*. Hanover, NH: University Press of New England, 1987.

Morse, Stearns, ed. *Lucy Crawford's History of the White Mountains*. Reprinted ed. Boston, Massachusetts: Appalachian Mountain Club, 1978. Originally published in 1966.

Mouffe, Barbara S., ed. *Hawthorne's Lost Notebook 1835-1841*. University Park: The Pennsylvania State Univ. Press, 1978.

Newberry, Frederick. *Hawthorne's Divided Loyalties: England and America in His Works*. Cranbury, NJ: Associated University Presses, Inc., 1987.

———. "Hawthorne's 'Gentle Boy': Lost Mediators in Puritan History." Von Frank. *Critical Essays on Hawthorne's Short Stories*, pp. 134-145.

Newman, Lea Bertani Vozar. *A Reader's Guide to the Short Stories of Nathaniel Hawthorne*. Boston, Mass.: G. K. Hall & Co., 1979.

Ott, John Harlow. *Hancock Shaker Village: A Guidebook and History*. Shaker Community, Inc., 1976.

Pearce, Roy Harvey. "'Introduction to *Fanshawe*." *The Blithedale Romance and Fanshawe*, pp. 301-316.

Person, Leland S. *The Cambridge Introduction to Nathaniel Hawthorne*. Cambridge University Press, 2007.

Pestana, Carla Gardina. *Quakers and Baptists in colonial Massachusetts*. New York: Cambridge University Press, 1991.

Phillips, James Duncan. *Salem and the Indies: The Story of the Great Commercial Era of the City*. Cambridge, Massachusetts: Houghton Mifflin Company Boston, 1947.

———. *Salem in the Eighteen Century*. Reprinted ed. Salem, Massachusetts: Essex Institute, 1969. First published in 1937.

Sanborn, F. B. *Hawthorne and his Friends: Reminiscence and Tribute*. Reprinted ed. Darby, PA.: Darby Books, 1969. First published in 1908.

Schiller, Andrew. "The Moment and the Endless Voyage: A Study of Hawthorne's 'Wakefield.'" Donohue. *A Casebook on the Hawthorne Question*, pp. 111-116.

Schubert, Leland. *Hawthorne, the Artist: Fine-Art Devices in Fiction*. Reprinted ed. New York: Russell & Russell, Inc., 1963. Originally published in 1944.

Shaw, Peter. "Fathers, Sons, and the Ambiguities of Revolution in 'My Kinsman, Major Molineux.'" Von Frank. *Critical Essays on Hawthorne's Short Stories*, pp. 110-123.

Shurtleff, Nathaniel B. *A Topographical and Historical Description of Boston*. Boston: Rockwell and Churchill, City Printers, published by Order of the City Council, 1890.

Simpson, Claude M. "Explanatory Notes." *The American Notebooks*, pp. 557-673.

———. "Historical Commentary." *The American Notebooks*, pp. 677-698.

Stearns, Frank Preston. *The Life and Genius of Nathaniel Hawthorne*. Philadelphia: J. B. Lippincott Company, 1906.

Stein, William Bysshe. *Hawthorne's Faust: A Study of the Devil Archetype*. Reprinted ed. Archon Books, 1968. First published in 1953.

Stewart, Randall. *Nathaniel Hawthorne: A Biography*. Reprinted ed. Archon Books, 1970. First published in 1948.

Stoehr, Taylor. *Hawthorne's Mad Scientists*. Hamden, Connecticut: Archon Books, 1978.

Stubbs, John Caldwell. *The Pursuit of Form: A Study of Hawthorne and the Romance*. Urbana: University of Illinois Press, 1970.

Swann, Charles. *Nathaniel Hawthorne: Tradition and Revolution*. Cambridge: Cambridge University Press, 1991.

Taylor, J. Golden. *Hawthorne's Ambivalence Toward Puritanism*. Reprinted ed. Norwood Editions, 1978. First published in 1965.

Tharpe, Jac. *Nathaniel Hawthorne: Identity and Knowledge*. Carbondale and Edwardsville: Southern Illinois University Press, 1967.

Thompson, G. R. *The Art of Authorial Presence: Hawthorne's Provincial Tales*. Durham: Duke University Press, 1993.

Turner, Arlin. *Nathaniel Hawthorne: A Biography*. New York: Oxford University Press, 1980.

———. *Nathaniel Hawthorne: An Introduction and Interpretation*. New York: Holt, 1961.

Van Doren, Mark. *Nathaniel Hawthorne*. Reprinted ed. New York: The Viking Press, 1966. Originally published in 1949.

Von Frank, Alvert J. *Critical Essays on Hawthorne's Short Stories*. Boston, Massachusetts: G. K. Hall & Co., 1990.

Wagenknecht, Edward. *Nathaniel Hawthorne: Man and Writer*. New York: Oxford Univ. Press, 1961.

Waggoner, Hyatt H. *Hawthorne: A Critical Study*. Revised ed. Cambridge, Massachusetts: The Belknap Press of Harvard Univ. Press, 1967. First published in 1955.

———. *The Presence of Hawthorne*. Baton Rouge: Louisiana State University Press, 1979.

———. "'Wakefield' : The Story Is the Meaning." Donohue. *Casebook on the Hawthorne Question*, pp. 116-119.

Weber, Alfred, Beth L. Lueck, and Dennis Berthold. *Hawthorne's American Travel Sketches*. Hanover, NH: University Press of New England, 1989.

Weber, Alfred. "Hawthorne's Tour of 1832 through New England and Upstate New York." Weber, Alfred, Beth L. Lueck, and

Dennis Berthold. *Hawthorne's American Travel Sketches*, pp. 1-23.

Woodberry, George E. *Nathaniel Hawthorne*. Republished ed. Book Tower, Detroit: Gale Research Company, 1967. First published in 1902.

あとがき

キリスト教文化の中にすっぽりと入っているわけではない日本人からすると、ホーソーンの作品は私小説のように感じられる。私小説がなんであるかを十分に理解していないと思いながら、なおもそう感じるのである。すくなくとも私の場合はそうである。そして、それがホーソーン文学に引きつけられる大きな理由だった。

世の中に生きていて、こうありたいと願うことがあっても、それをすんなりと実現させてくれるほど世の中は甘くない。そこに人間が獲得した驚くほど豊かなはずの個人主義の広がりと狭さがある。おそらく文学の妙味はこれを読者に感じさせるときに最大に発揮されるのではないだろうか。

『緋文字』は舞台こそボストンであるけれども、書かれた発端はセイレムだった。これを私小説的に積み上げられた金字塔と見ることはできないだろうかと考えた。ホーソーンの作品の難しさも暗さも、そう考えることによって理解できるように感じたのである。「孤立時代」というのが魅惑的に思われた。この時代のことをホーソーンは言いふらすように多く表現している。「陰鬱な部屋」にこだわったのは、この時代と重なっているからである。

作品とはべつに、読者に読ませることを前提としないで書いたはずのノートや手紙を読んでいくと、なにか神聖なものを犯しているような気持になることがある。しかし、これも文学研究の宿命だと思いつつ読んでいると、ふしぎな思いにとらわれることがある。ことによると読者も研究者もホーソーンに騙されているのかもしれないと思うことがある。それでも作品は残る。文字から感じ取ることのできる作者の心、いや感じ取ることを強いられる作者の真摯な心は時代と文化圏を越えている。陰鬱な部屋で孤独に生きる人間の像が読む者の心をとらえる。魅了されるのは私小説のジャンルを越えた人格であり、文化圏を越えて共有できる人格であると思って騙されることもよしとする。

後半生に書かれた長編にほとんど触れることがなかったのは、筆者の不勉強のせいである。なぜホーソーンなのかと学生に聞かれたことがあった。そのときは答えられなかった。答えになるかどうかわからないが、短編に魅せられて、創作という悩ましい作業に精魂をこめた真摯なホーソーンの姿をとらえたかったというのが本当の気持である。

文献にあたっていると、ホーソーン研究が多岐にわたり、論文、研究書の多いことに驚く。これは邦文の場合も変わらない。多くの先達の研究書の恩恵に浴したが、遺漏があることを恐れた。引用・参考文献に邦文のものがないのはそのためである。

これまでに書いてきた論文に書き加えたり書き改めたり、あたらしく章を加えたりして拙文をつづっていると、過去に発表した文に誤解、誤読、誤謬による間違いがいくつもあって、赤面の思いでページをめくった。それでもなお至らないところが多々あることを恐れる。大方の助言をいただければ幸いです。

最後になりますが、本書の刊行に多くのご教示をいただいた南雲堂の原信雄氏に心から感謝いたします。

平成二十五年二月

井坂義雄

索　引

チリングワース　157

テ
デイヴィス Clark Davis　188
貞潔・禁欲　143, 148, 150, 151, 154, 155, 156
ディケンズ Charles Dickens　150, 151
テイラー J. Golden Taylor　18-19, 200（注）, 201（注）, 212（注）, 216（注）
デーモン　81
デフォルメ / 逸脱 / 歪曲 / 変形　15-16, 25-26, 43, 69, 200（注）

ト
ドーバー Kenneth Dauber　198（注）, 216（注）, 229（注）, 230（注）
独立革命　34, 35, 121, 183, 185, 202（注）
ドライデン Edgar A. Dryden　71
トンプソン G. R. Thompson　199（注）, 212（注）

ニ
ニューベリー Frederick Newberry　68, 178
ニューマン Lea Bertani Vozar Newman 23, 31, 68

ノ
ノヴェル / 小説　10, 188, 189, 196, 198（注）

ハ
墓 / 墓碑 / 墓標 / 墓石 / 墓地 / 墓場　13, 22, 24, 26-28, 37, 42, 50, 84, 89, 90, 97, 98, 109, 116, 121-140, 164, 221（注）
ハッチンソン Thomas Hutchinson　30, 183-186, 202（注）, 229（注）
バンクロフト George Bancroft　180

ヒ
ピアス Franklin Pierce　196
ピーボディ，エリザベス Elizabeth Palmer Peabody　174, 178, 180, 196
ピーボディ，ソファイア Sophia Amelia Peabody　9, 66, 73, 89, 90, 96, 102, 104, 109, 110, 116, 117, 132, 138-139, 168, 174, 175, 178, 179, 180, 196, 217（注）
ピーボディ，メアリー　Mary Tyler Peabody　139, 180
ピーボディ家　174, 179
ピューリタン　19, 23, 67-69, 99, 100, 115, 121, 124, 139, 201（注）, 203（注）, 211（注）, 216（注）
ピューリタニズム　103, 138, 200, （注）, 212（注）

フ
フィールズ James T. Fields　9, 94, 178, 196
フィリプス James Duncan Phillips　68
フェアバンクス Henry G. Fairbanks 110
フェッセンデン Thomas Green Fessenden 179
フォーグル Richard H. Fogle　43
ブラックストーン William Blackstone 18, 201（注）

ブラッドフォード William Bradford 19-21
ブリッジ Horatio Bridge 64, 92, 94, 102, 110, 111, 117, 130, 168, 169, 174, 178, 179, 193
ブルック・ファーム Brook Farm 73, 89, 104, 105, 154
フレデリック John T. Frederick 91

ヘ

ベイム Nina Baym 104, 211(注), 230(注)
ヘスター・プリン 128-129, 156-157
ベル Millicent Bell 180
ベンジャミン Park Benjamin 190

ホ

ホゥエルティィエ Hubert H. Hoeltje 93, 105
ホーソーン，ウィリアム William Hathorne 70
ホーソーン，エリザベス Elizabeth Manning Hawthorne 106, 161, 167, 178, 179
ホーソーン，ジュリアン Julian Hawthorne 94, 152, 153, 179
ホーソーン，ルイーザ Maria Louisa Hawthorne 151, 152, 178, 179
ホーソーン家 70, 96, 178
ボードン大学 9, 54, 106, 197(注), 206(注)
ボストン税関 73, 89, 104, 105, 174, 180, 181, 184

マ

マーティン Terence Martin 111, 219(注)
マザー Cotton Mather 23, 39
マザー Edward Mather 140, 174
魔女 / 魔女裁判 39, 42, 70, 73, 134, 136, 183
マニング，サミュエル Samuel Manning 151
マニング，ロバート Robert Manning 26
マニング家 65, 70, 95, 96, 199(注)
幻 / 幻想 / ファンタジー 25, 27, 33, 36, 46, 47, 48, 49, 53, 57, 64, 86, 95, 97, 106, 116, 118, 137, 164, 165, 167, 178
マンコール James N. Mancall 96, 199(注)

ミ

ミラー Arthur Miller 39
ミリントン Richard H. Millington 190

ム

ムーア Margaret B. Moore 215(注)
ムーア Thomas R. Moore 188, 199(注), 226(注), 229(注), 230-231(注)

メ

メルヴィル，ハーマン Herman Melville 114-115, 139, 152
メロウ James R. Mellow 228(注)

モ

モートン，トーマス Thomas Morton 19-

21, 201(注)
モウフ Barbara S. Mouffe　217(注)
『物語の語り手』181
モリス Lloyd Morris　110

ラ
ラブレター　91, 104-105, 218(注)

リ
リー(マザー・アン) Ann Lee　145, 149, 156
リーヴィス夫人 Q. D. Leavis　172, 189
リアリズム小説　121
リュートケ Luther S. Leudtke　182

レ
レイスロップ George Parsons Lathrop 94
レイスロップ Rose Hawthorne Lathrop 218(注)
レーン Charles Lane　151

ロ
ロマンス　10, 75-76, 86, 188-190, 193, 194, 196, 198(注), 219(注), 230(注)
ロングフェロー Henry Wadsworth Longfellow　90-91, 102, 112, 116, 117, 119, 196

ワ
枠組のある物語　178, 181-182
ワーゲンクネヒト Edward Wagenknecht 93, 192
ワゴナー Hyatt H. Waggoner　78, 91, 94, 106, 110, 121, 140, 217(注)

著者について

井坂義雄（いさか・よしお）

一九三八年、東京に生まれる。一九七二年、法政大学大学院人文科学研究科英文学専攻博士課程中退。一九八二年‐一九八三年、ボストン大学客員研究員。一九九八年‐二〇〇〇年、タシケント国立東洋学大学客員研究員。現在、法政大学名誉教授。

［著書］『ボストン随想―ホーソーン文学によせて』（桐原書店）『ホーソーン文学の形成期―Twice-Told Tales の世界』（旺史社）『タクラマカンの私的広がり』（近代文芸社）など。

［論文］「『緋文字』理解の可能性」「境界と辺境―ある模型概念の構築へ向けて」「辺境事例としての戊辰戦役墓碑―〈模型概念〉試論」「辺境論考―フロンティア、荒野、辺の扱い」「T・E・ヒューム覚え書き―連続と分断」

［訳書］『トワイス・トールド・テールズ』〈共訳桐原書店〉など。

セイレムの若き文人
―「陰鬱な部屋」のホーソーン

二〇一三年九月二十日　第一刷発行

著　者　井坂義雄
発行者　南雲一範
装幀者　岡孝治
発行所　株式会社南雲堂
東京都新宿区山吹町三六一　郵便番号一六二‐〇八〇一
電話　東京（〇三）三二六八‐二三八四
振替口座　〇〇一六〇‐〇‐四六八六三
ファクシミリ（〇三）三二六〇‐五四二五
印刷所　株式会社啓文堂
製本所　長山製本

乱丁・落丁本は、小社通販係宛御送付下さい。

送料小社負担にて御取替いたします。

〈1B-323〉〈検印省略〉


ISBN978-4-523-29323-1 C3098

アメリカの文学
八木敏雄
志村正雄
アメリカ文学の主な作家たち（ポオ、ホーソン、フォークナーなど）の代表作をとりあげ、やさしく解説した入門書。
46判並製　1835円

時の娘たち
鷲津浩子
南北戦争前のアメリカ散文テクストを読み解きながら「アート」と「ネイチャー」を探究する刺激的論考！
A5判上製　3990円

レイ、ぼくらと話そう
平石貴樹
宮脇俊文　編著
小説好きはカーヴァー好き。青山南、後藤和彦、巽孝之、柴田元幸、千石英世など気鋭の10人による文学復活宣言。
46判上製　2625円

アメリカ文学史講義　全3巻
亀井俊介
第1巻「新世界の夢」第2巻「自然と文明の争い」第3巻「現代人の運命」。
A5判並製　各2200円

ホーソーン・《緋文字》・タペストリー
入子文子
〈タペストリー〉を軸に中世・ルネサンス以降の豊富な視覚表象の地下水脈を探求！ホーソーンのロマンスに〈タペストリー空間〉を読む。
A5判上製　6300円